做天下好诗集

黄梵像——曾红 绘

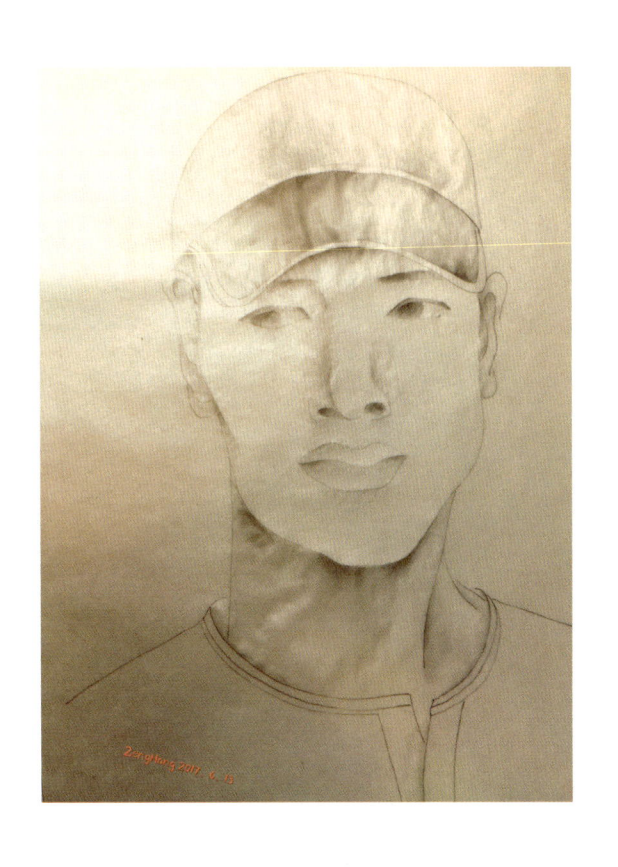

黄梵像 —— 陈雨 绘

月亮已失眠

黄梵 著

图书在版编目（ＣＩＰ）数据

月亮已失眠 / 黄梵著. — 南京：江苏凤凰文艺出版社，2018.3（2021.9重印）
ISBN 978-7-5594-1741-1

Ⅰ.①月… Ⅱ.①黄… Ⅲ.①诗集－中国－当代 Ⅳ.①I227

中国版本图书馆 CIP 数据核字(2018)第 047898 号

书　　　名	月亮已失眠
著　　　者	黄　梵
责 任 编 辑	于奎潮　王娱瑶
出 版 发 行	江苏凤凰文艺出版社
出版社地址	南京市中央路165号，邮编：210009
出版社网址	http://www.jswenyi.com
印　　　刷	安徽新华印刷股份有限公司
开　　　本	890毫米×1240毫米　1/32
印　　　张	8
字　　　数	166千字
版　　　次	2018年3月第1版　2021年9月第2次印刷
标 准 书 号	ISBN 978-7-5594-1741-1
定　　　价	52.00元

（江苏文艺版图书凡印刷、装订错误可随时向承印厂调换）

目 录

卷一:万物志

003 ...... 帽子

004 ...... 汤勺

005 ...... 中年人的胡子

006 ...... 老婆

008 ...... 筷子

010 ...... 茶叶

012 ...... 红葡萄

014 ...... 苍蝇

016 ...... 蚊子

017 ...... 蝴蝶

018 ...... 小路

020 ...... 野菜

021 ...... 米

022 ...... 旧邮筒

023 ...... 停电

025 ...... 老码头

027 ...... 青巷

029 ...... 老诗人画像

031 ...... 窗帘

032 ...... 粉笔与黑板

033 ...... 抽屉

034 ...... 桌子

036 ...... 被子

037 ...... 床

038 ...... 书

040 ...... 缸

041 ...... 玻璃高脚酒杯

042 ...... 生日

044 ...... 一天

046 ...... 地铁

048 ...... 笑声

050 ...... 马蜂

051 ...... 鸽子

052 ...... 盘子

053 ...... 丝绸围巾

054 ...... 盐

056 ...... 汉与英

058 ...... 音乐

060 ...... 窗户

062 ...... 异乡之旅

063 ...... 塔

卷二：南京哀歌

067 ...... 蝙蝠

068 ...... 中年

069 ...... 二胡手

071 ...... 秋天让人静

072 ...... 爱情挽歌

073 ...... 我什么都没有隐藏

074 ...... 初恋已慈祥

075 ...... 记忆

076 ...... 词汇表

077 ...... 进山

078 ...... 空

079 ...... 郊游

080 ...... 玄武湖即景

081 ...... 前湖

082 ...... 金陵梧桐

083 ...... 登山感怀

084 ...... 林中的二月兰

085 ...... 暮冬时节将军山行

086 ...... 踏青

087 ...... 又见北方的山

088 ...... 悼老师

089 ...... 父亲

090 ...... 英雄谷

091 ...... 一个下午

092 ...... 蝙蝠给我画像

093 ...... 树的去处

094 ...... 中风老人

095 ...... 哭泣之歌

096 ...... 题南飞雁

097 ...... 老歌

098 ...... 家乡

099 ...... 雁阵似剪刀

100 ...... 悼友人张鸿昭

101 ...... 悲哀

102 ...... 异乡

103 ...... 另一种怀念

104 ...... 粗话

105 ...... 四月的双飞燕

106 ...... 旧情

107 ...... 城郊离别

108 ...... 病中

109 ...... 中秋月

110 ...... 三月

111 ...... 十月

112 ...... 十一月

113 ...... 大风

115 ...... 美感

116 ...... 那那

118 ...... 奶奶之死

119 ...... 致爷爷

120 ...... 山寺

121 ...... 白雪

122 ...... 南京的绿

123 ...... 反常的气候

124 ...... 茫然

125 ...... 城市之歌

126 ...... 夜读有感

127 ...... 人是什么？

128 ...... 神秘

129 ...... 我们还没成为朋友

131 ...... 悼乙宴

卷三：东方集

135 ...... 东方集（选20）

141 ...... 南京夜曲

144 ...... 伊宁短章

146 ...... 现代绝句

148 ...... 孤独

149 ...... 约会

150 ...... 思念

151 ...... 夜行火车

152 ...... 感遇

153 ...... 古风

154 ...... 倾听

155 ...... 幸福

156 ...... 称呼

157 ...... 习惯

158 ...... 集体舞

159 ...... 女生校服

160 ...... 垦丁的海

161 ...... 单相思

162 ...... 在旗津渔港,知天命

163 ...... 繁体与简体

165 ...... 我在台北,无端地想写一首新疆的诗

167 ...... 日月潭

169 ...... 清泉故事

170 ...... 乌来温泉

171 ...... 在花莲海上赏鲸

172 ...... 淡水落日

173 ...... 台北的关门声

175 ...... 台风

176 ...... 花莲的海

177 ...... 我是这样爱着台北

178 ...... 观树

179 ...... 无声的塔尔寺

180 ...... 和溪口瀑布的对话

181 ...... 秘密的报答

182 ...... 大理感怀

184 ...... 好苏州

185 ...... 夜聚寒山寺

186 ...... 关于沙溪镇的一个赞词：落后

187 ...... 寄畅园感怀

189 ...... 在鼋头渚观太湖

卷四：观霾记

193 ...... 清明吟

198 ...... 拆迁

199 ...... 春天的诗行

201 ...... 河风

202 ...... 初秋，我闻到了战争的气味

203 ...... 笔

204 ...... 飞行

205 ...... 邮局

206 ...... 高压

207 ...... 老井

208 ...... 冬雨

210 ...... 傍晚，步行去学校上课

211 ...... 暑假

213 ...... 神仙

214 ...... 老人

215 ...... 诗人

216 ...... 忙碌

217 ...... 笼中鸟

219 ...... 命运

220 ...... 流放者归来

221 ...... 第一场冬雪

223 ...... 问题的核心

224 ...... 印象

226 ...... 制花工

227 ...... 有常

229 ...... 偶遇故人

231 ...... 失去的，都会回来

233 ...... 观霾记

235 ...... 大风来临

237 ...... 夜行记

239 ...... 答案

240 ...... 虎

241 ...... 玫瑰为我脸红

242 ...... 致水杉

附录

245 ...... 新诗 50 条

卷一
万物志

帽　子

风一来,头上的帽子就想跳崖
想倒光它装满的黑暗
想抱住地上青草的卑微命运
它不喜欢被我顶礼,高高在上

它要像柳条那样,弯下腰去
看虫蚁花草没有一个穿着衣裳
地上的纸屑、痰迹,也拥有自己的忧伤
它不知道,它用口含住的这颗头颅
其实是一滴浑浊的大泪珠

我坐在山间的风口
知道它像一只鸟,想回到正在盘旋的鸟群
知道它对我,早已日久生厌

当风把它吹落在地
心高气傲的我,也只得向它低头弯腰——
拾起帽子的一瞬
我认出,它就是儿时的我啊

2015

汤 勺

我们和汤勺成不了朋友
哪怕喝汤时,我们深情地看着它
我们衣锦荣华,它却总把自己倒空
它要倒掉让地球变穷的山珍海味

它宁愿空着眼窝,也不要汤水给它眼睛
它拒绝阅读坟场一样的菜单
有时,我似乎听见它谈起久别未归的故乡——
那锈黑了河水的矿山,曾经是啄木鸟弹琴的琴房

我们买再多的汤勺,也和汤勺成不了朋友
它宁愿空着眼窝,也不想和我们交换眼神
宁愿不穿衣裳,也不拔一根草取暖
只愿用清脆的嗓音,和瓷碗谈心

我不记得,已买过多少汤勺
我努力学习,这空眼窝的盲诗人的语言
看戏之前,试着用喝汤的声音,道出它内心的巨响

2015

中年人的胡子

胡子,总向来人低头
不是凭吊,就是认错
甚至像围巾,悉心裹着一个人的叹气
只要有风经过,它也想飞起来

它一直往下长,是想拾捡地上的脚印?
是想安慰被蚯蚓钻疼的耕地?
是想弄清地上的影子,究竟有没有骨头?
是想长得像路一样长,回到我初恋的地方?

它从不记恨我每天刮它的疼痛
它从不在乎,我是它飞不高的祸首
当然,它也像一根根铁链
把我锁进了中年

一旦睡梦来临,它便腾出一千只手
彻夜为我化妆,让一个陌生人
在清晨的镜子里等我

2015

老　婆

我可以谈论别人,却无法谈论老婆
她的优点和缺点,就如同我的左眼和右眼——
我闭上哪一只,都无法看清世界

她的青春,已从脸上撒入我的梦中
她高跟鞋的叩响,已停在她骨折的石膏里
她依旧有一副玉嗓子
但时常盘旋成,孩子作业上空的雷霆

我们的烦恼,时常也像情爱一样绵长
你见过,树上两片靠不拢的叶子
彼此摇头致意吗？只要一方出门
那两片叶子就是我们

有时,她也动用恨
就像在厨房里动用盐——
一撮盐,能让清汤寡水变成美味
食物被盐腌过,才能放得更长久

我可以谈论别人,却无法谈论老婆

就像牙齿无法谈论舌头
一不小心,舌头就被牙齿的恨弄伤
但舌头的恨,像爱一样,永远温柔

2015

筷 子

筷子,始终记得林子目睹的山火
现在,它晒太阳都成了奢望
它只庆幸,不像铺轨的枕木
摆脱不了钉子冒充它骨头的野心

现在,它是我餐桌上的伶人
绷直修长的腿,踮起脚尖跳芭蕾——
只有盘子不会记错它的舞步
只有人,才用食物解释它的艺术

有无数次,它分开长腿
是想夹住灯下它自己的影子
想穿上灯光造的这双舞鞋
它用尽优雅,仍无法摆脱
天天托举食物的庸碌命运

我每次去西方,都会想念它
但我对它的爱,像对空碗一样空洞
我总用手指,逼它向食物屈服
它却认为,是我的手指

帮它按住了沉默那高贵的弦位

当火车用全部的骄傲,压着枕木
我想,枕木才是筷子的孪生兄弟
它们都用佛一样的沉默说:
来吧,我会永远宽恕你!

2015

茶　叶

茶叶泡在水里,就成为水的柳眉
成为水的细腰、长腿和手指
它不出声,像哑剧演员
模仿我慵懒的睡姿

茶叶泡在水里,就成为春天的潜水艇
雾霾再也征服不了它
我隔着玻璃杯,打量这隐士的幸福
想着,它从前是否有过烦恼?

水,也是盖在它头上的透明婚纱
帮它完成与我的动人婚礼
有时,水也大哭一场
仿佛对我说:你看它瘦骨嶙峋
却把仅剩的温暖都献给你

我一次次倒入开水
直到茶叶再也泡不出茶味——
它用失神的目光,仿佛对我说:

我已到暮年，身体发胖变形
亲爱的，别犹豫
你该去迎娶苗条的新茶了

2015

红葡萄

为了看清这世界的险恶
还在枝头,它已瞪红了眼
直到信任夏风吟唱的赞歌
为了成为血的波涛,它把一生都献给了酒窖

我的杯里,是它青春的血
试着在我心里掀起波涛
它也成了跨上我血流的骑手
一下就松开了我年龄的缰绳——

我说了平时不说的脏话
差点吓醒墓里的亲人
那一夜,我抱着爱情呼呼大睡
醒来却找不到爱人

我混迹于城市的盛宴
终于明白,爱情是红酒的税收
它用密集的税,让红酒变得高贵

一车皮的红葡萄酒
就是一车皮的凡高,你信不信?
一车皮的红葡萄
就是一车皮的乳头,你信不信?

2015

苍　蝇

我想看清它的脸
不论幸福还是饥饿都狰狞的脸
想象它体内装满了毒药
想象它恼人的嗡嗡声里,泊着对我的仇恨

其实它和人一样,只是饿了
像饥饿的人推门进来,想要一块饼
但我没有勇气放过它——
要用苍蝇拍啪啪的官话,消灭它嗡嗡的方言
它不得不跳起生死的圆舞曲

也许,它是苍蝇界的信徒
向往去它的圣地——我的厨房
展开翅膀来祷告
嗡嗡的祷文,令它不敢栖息在供品
——我的蛋糕上

也许,它是苍蝇界的文艺青年
想把目光狠狠插进诗集——

它沿诗集爬了一圈,却没找到缝隙
只听见,屋里响起了阴险的脏话

也许,它是苍蝇界的乖孩子
渴望父亲和它嬉戏
这飞来飞去的苍蝇拍,多像它酷爱的飞碟啊
只一瞬,就把它揽入黑暗的怀抱

2015

蚊 子

翻开书,一只蚊子突然飞来
它用嗡嗡嗡的哭声,倾述我是它的初恋?
它要用针一样的舌头
把绵绵情话注入我的血流?

我皮肤上的红包痒着
它到底把什么,埋入了这红色的坟丘?
我皮肤上的红土堆啊,越来越多
它继续挖呀掘呀,是为了掩埋它死去的孩子?

有一刻,我与它相互对望
它肚子鼓胀,分明是一个孕妇
为了子孙,它放弃了苗条的身材
它用嗡嗡嗡的哭声,仿佛说:
我今夜就要产卵,请放过我!

我放下一直跟踪它的手
开始像体贴情人那样,忍受被它咬伤的疼痛

2015

蝴　蝶

它是秋天不肯落地的落叶
也是尘埃想穿上的花衣裳
它更是在空中开屏的孔雀
展开自己的绚烂春天，与整个秋天对抗

它跳着圆舞曲
照着水面的银镜，纠正错误的舞步——
舞蹈是它最耀眼的沉默
也是它养活的最自由的花朵

不修边幅的秋风，突然伸出手
想摘走空中这朵鲜花
它顺势跳起了凌厉的鬼魅舞，告诉秋风——
它那充军的新郎，刚刚下了地狱
它愿意用吻印满风的脸，求风把它刮进地狱

在漫山遍野的掌声中
这勇敢的小女子，被风狠狠摔进了泥坑

2015

小　路

小路沿着围墙，独自遁入林中
它要逃离窗户的眼睛？
它要聆听知了试吹的号角？
它要到林中，带回一只迷途的狗？

哗哗的风，让树都弯着身子恭迎它
它在林中越走越消瘦
脚印和落叶是它的主食
它用越来越细的毛线，护住山的脖子
翻过悬崖时，它凝视着人类的惨剧

它忍受着秋天这张黄疸的脸
向戴着山岚假发的峰顶走去
谁也不知，它究竟要干什么？

当黑夜来临
它成了月光下蛰伏的一条眼镜蛇
慢慢在山顶昂起头——

莫非它自不量力,想给

挥着月亮银盾的黑夜,致命一击?

2015

野 菜

我们曾像狗一样,嗅着草地的野菜
一颗颗被饥饿瞄准的心,怎能不担惊受怕?
不像如今,我们用牙齿与野菜谈心
打听它们有多少人口

也许因为来自乡下
它对进城抱有好感
相信一场幸福的来临,只需收微笑作聘礼
它上桌了,鲜亮得像新娘

它没有准备临终遗言
我们对美味的回忆,注定成为它留下的遗产
曾落在它身上的露珠,将像奶水
继续哺育它骄傲的下一代

当我走出餐馆的大门
再也忘不掉,刚才餐桌上的葬礼
我像一个移动的深渊,等着它
它却抱着我的牙说:这就是今生今世的爱情

2015

米

热腾腾的米里,藏着冰冷的心事
它们想为割掉的稻秆叫冤——
春风曾叮嘱稻秆,要照看好弱小的米粒
直到镰刀割断稻秆的母爱

锅里的米,吸足了思念母亲的热泪
想成为愈合母亲伤口的白盐
现在,这群碗中的少女
裸露着白绸般的肌肤,将我拉入它们行刑前的静穆

我的牙齿冒充米粒,和它们交朋友
我的舌头,冒充献给它们的红玫瑰
它们不识我的真心,柔情似水
用白皙的手臂,挽住舌头和牙齿

直到牙齿卸下面具,把它们碾成白泥
直到我开始回味它们的痛苦
当我起身,离开这把刽子手的椅子
我又会找谁,再献上舌头的红玫瑰?

2015

旧邮筒

一只旧邮筒,无人使用
住在雨的帐篷里。从早到晚
它大口吞进有毒的雾霾
吐出更宽大的虚无

它的影子在身边转来转去
仿佛儿子向父亲忏悔

它老了,但从不戴眼镜
大风也吹不倒它
唯有它懂得,沉默有谁也颠覆不了的重心

它看出,志得意满的闪电
不过是天空的裂缝
它听出,隆隆雷鸣
不过是上帝迷路的叫喊

面对一条条马路发出的邀请,它只张开嘴——
既不答应也不回避
既无粗话,也不歌唱

2014

停　电

那时,全城会让出灯光
让它照料郊外忙碌的抽水机
照亮在夜间抢收的农民
只剩我一人,诅咒这照不亮唐诗的黑暗

黑暗中,家人都成了陌生人
表情丰富的脸,骤然一贫如洗
我们只剩下院子上方那只月亮的眼睛
读着夜空下不朽的贫穷

偶尔,奶奶也会让烛光展开短翅
让它用淡黄的丝绸,盖住我的睡眠
奶奶像深夜的哨兵,继续用纳鞋的针
在我的梦里留下巡逻的脚印

如今,白昼已壮大到了深夜
黑暗竟像苗条的女子
连她也要侧着身子
才能穿过城市灯火的空隙

已经在我眼里扎根的灯火啊
正是这枚没有尽头的金币
令我开始怀念四十年前停电的那些深渊

2015

老码头

我小时居住的码头,已经消失
只剩远处永不迟到的钟声
江水曾把渔火捧在掌心
不理会星光发出的邀请

码头——那颗镶在黑夜大衣上的金纽扣
我曾用打滚的身子,想把它擦得更亮
江水——那副软如乡愁的好嗓子
我曾聆听到天明

某天,为了长大,我弃它而去
我的脚步从此无法入眠——
它们像不停搬家的蚂蚁
打算永远陪着百感交集的道路

直到没法医治的皱纹,爬上我的脸——
中年像尘土,哪怕被阳光照亮
也带着沉沉浮浮的不安
甚至带着囚车的擦伤,乱拾地上丢弃的处方

许多年后,我回到码头——
只看见夜里已经变瞎的江水
渔火的动人眼睛,已不知被谁挖走

曾经热闹的码头,已埋入十亩安静的良田
只剩几根月光的寒鞭,不停抽打我的记忆

2015

青 巷

整个青巷,只剩几块残砖
只剩那棵老槐树已枯槁的脸
我像个异乡人,带来和故乡和解的漫漫长路
但眼前的宽大马路,不理会青巷的狭小请求

寺庙的晚钟刚刚敲过,它像一阵咳嗽
让我知道,故乡的病已有多重
这么多年,我像一只鞋子,走遍天涯海角
仿佛是为了找回故乡这只脚

我看见,相恋一生的古井和青墙
已被马路拆散,古井成了被沥青封锁的琴房
里面滴答着井水的挽歌
青墙则像我们剪掉的青发,早已不知去向

秋色,曾这样为我结出果实——
笛声竭力把悠长的舌头,伸出蜿蜒的长巷
井水用透亮的手,推开天窗
每天与奶奶谈笑风生

如今,也有故人与我谈起青巷——
他竟认为,没有青巷的小镇,是幸福的。
我走遍小镇,到处是找不到青巷的寒冷
楼房密集得如同我们空荡的脑袋
不断堆积着新的荒凉

偶尔,一曲古琴的天唱,几声猫叫的邀请
令我忘了心中的隐痛
当我想说:青巷,我终于找到你了!
却见地上半块残废的青砖,用张不开的嘴
死死抵住我的脚,仿佛说:
你如此杜撰的青巷,连一个穷人都养不活啊!

2015

老诗人画像

你不喝酒了，你曾喝醉回不了家
醉了的脸，就像一颗脱落的纽扣
需要一只手来找它

你不跳舞了，你曾跳得不想回家
舞动的身体里，仿佛有一根弹簧
要减缓世故的冲撞

你不恋爱了，你曾恋得失去方向
爱情像风中的叶子
总是渴望新的抚摸

你不开车了，你曾整天搬运风景
是车的咳嗽，让你知道
天空的肺正在腐烂

你不踢球了，你曾想把一个时代踢进网中
但球始终躲开，仿佛让球门空着
才是球最大的心愿

现在,你像书房的椅子
把树的历史藏得很深
甚至忘了,曾经与失明的蚯蚓为伴

2015

窗 帘

风一来,它就秀出妩媚的身姿
用充满爱意的拳法,与风来一场肉搏
有时,它也像薄薄的刀片,唰一声
割断太阳铺向室内的金毯

它更要挡住那些日久生情的目光
不让它们触碰那已忘情的胴体
让瞎了眼的窗户,黑着脸
聆听爱情收藏一个又一个浪头……

它命中注定是窗户的眼皮
再阴险的主人,也是它亲爱的心灵
它无法干涉它身后的阴谋
不得不与窗外的光明为敌

在梅雨季,它像等了很久的一只蝴蝶
怀着对太阳发霉的思念,缩进墙角
但它更渴望刮来一阵大风
让它舞成一只灵巧的舌头
说出它今生今世的冤屈

2015

粉笔与黑板

黑板啃着粉笔
这是它的美食

粉笔也是白发苍苍的男人
竭力把头,钻进姑娘乌黑的发丛

粉笔教黑板识字
教它认:"我爱你!"
黑板笑得咧开黑洞洞的大嘴——
这三个白字,成了它幸福的门牙

粉笔也是蜜蜂
整天吮吸这黑色的郁金香

有时,黑板不得不宽恕粉笔的辱骂
有时,黑板也挥霍粉笔的呜咽

粉笔临终前,仍惦念它写过的所有字
黑板安慰它:所有擦去的字,并没有失踪
它们已躲进听众的心里,准备过冬

2015

抽 屉

父亲的抽屉里装满了黑夜
儿时,我只能从锁眼窥见死寂
想不通,父亲和我为什么总隔着这个抽屉?
如同太阳和月亮,总隔着茫茫黑夜

这橡木的抽屉,也许有一颗最刚毅的心
不怕它藏匿的秘密,被政治的枪口对准
我每天看着它,就像看着琥珀中的昆虫
它张嘴时的无言,成了笼罩我一生的敬畏

不论在春天或寒冬,抽屉永远不动声色
它无需长出警觉的耳朵
也从不炫耀父亲放入的奖状
它用了一生,来聆听爷爷的咳嗽

后来,我成了它称职的伙伴
时常安静得像没有心跳的抽屉
敬重那些不合时宜的档案
学会像它那样,对良知永远怀着饥饿……

2015

桌　子

人们总认为,自己比桌子聪明
他们越来越富,桌子一生只有几尺空地

他们可以跨上马,作威作福
桌子却要驮着他们丰盛的大餐
驮着他们酒后肆意妄为的情爱

也许他们儿时,桌子才有幸福
他们趴在桌子的胸膛,读书写字
念出感动桌子的故事
桌子像一个乡巴佬,感激这免费的扫盲课

不到十年,他们就变得暴戾
常用拳头,砸得桌子内心冰凉
常用刀刻字,逼桌子替他们说着内心的肮脏

只有寺庙的钟声,定期打扫这脏话的废墟
只有苍蝇,用永不嫌弃的鼻子
嗅着他们已经破碎的人生!

他们讥讽,桌子没有生命
体内更没有春心荡漾的心跳

桌子总是一声不吭——
它知道,污染的绳索已把人类捆上刑场
它就要做那欲哭无泪的旁观者

2015

被 子

被子是蟒蛇,白天盘在床头
晚上把你吞入腹中
梦是它的胃,你每晚都成功逃出
清晨,当你下床,它饿得只剩一张皮

被子是情人,当你弃它而去
它气得病入膏肓,把自己蜷得像一座坟墓
当你晚上哄它,它又把你揽入怀中
鼾声是你的情话,哄得它呼呼大睡

被子是蜂巢,你是蜜蜂
当你满载而归
你向它吐出最甜蜜的梦
时常,梦的甜蜜又被诗人偷吃

被子是闲话,一辈子都裹着你
黑夜漫长,你在与闲话的搏斗中
等待着天明

2015

床

床永远等着你,哪怕你是稗草
它也像等着一个伟大的诗人
哪怕你一贫如洗,它仍用枕头垫高你的梦想

当你睡着,它便用梦的脚步
陪你走入难懂的命运
用清晨变皱的床单,陪你长出疲惫的皱纹

时常,你心里的空洞让你无法入睡
床,便是与你相守的亲人
竭力把你,从哽咽的迷途领回

有时,床也滔滔不绝
让你把性爱当作一只雨刷
来回刮去衰老

床更像树,不要户籍、国籍
只要心里深藏的风景
它永远伴着你,直到黎明的天光
成为黑夜刹车的尾灯

2015

书

打开书就知道,我老要奔波
一颗像火车一样冒烟的心
总是渴望装上飞驰的轮子
书外的家固然温暖,但书里
才有真正的出海口

书是椅子伸出的手
让我和椅子抱出了情义
也让我的旅途变得深邃
成为点亮我梦境的渔火

书中的自由,尝起来像一道川菜
辣得我不想沉默,但我
常用咳嗽代替怒火
一本消失多年的书
令我的生活变得朴素

书总在我不经意的地方,等我
要我读懂,被黑暗挖空的煤矿
要我在酒的聚会中,发现无数舌头
像挤在罐头里的沙丁鱼,徒劳地伸着
说不出人类的下一个出口

我给每个黑夜,都配了一本书
把我的家,变成它种植的几分良田
时常,无用的稗草,也会在良田里疯长

2015

缸

缸空着时,其实已经盛满
盛着地下虫蚁的交谈声
盛着铁轨运输的节奏声
盛着田鼠睡醒的打洞声

直到喜欢吆喝的水,把身子献给它
水大声吆喝:你我合二为一了!
只有缸清楚,它俩的皮肤间永远有一道空隙
激情过后,水就开始退出

当缸再次空着
仍是声音这个伙伴,跑来安慰它
声音从不说:你我合二为一了!
但缸清楚,每当声音来临
它俩就有一颗共鸣的心

2016

玻璃高脚酒杯

酒桌上,它排着队
等着装上红酒这颗火红的心
当帅哥尽情吻它
它成了满脸羞红的女孩

下了酒桌,来到厨房
它突然泪水涟涟
洗杯的人,反复用手安慰它
它仍在水中痛哭——

是啊,它爱上的帅哥
正搂着和它一样年轻的姑娘
但帅哥不知,它永远不会衰老——
高傲的胸,永远配着蜂腰
光亮的肌肤,永远配着忠心

2015

生　日

能记得我生日的人，一定是我的亲人
如同一支歌，哪怕挤进门缝
也不忘拽进它的歌词

生日也是老式电梯
总想发出更多的声响
让我在愁苦中，拥有分神休息的一天

时常，我也想绕过生日
不去触碰飘然远去的记忆
让日子，像一只花瓶空着
比插满花，更让我怀念

日子如果生了病
生日就是治疗它的一颗药
但我像一个涣散的病人，总不按时服药

一旦日子成了飞驰的卡车
生日就是一条救命的斑马线
能让卡车带着羞愧，慢下来

我不记得，已过了多少生日

只知道,日子就像衣服上的纽扣
必须脱落,才会引起我的思念

某年生日,我在屋里来回踱步
竭力回想那些已经脱落的纽扣

2015

一 天

你该怎样度过一天?
清晨,你从梦的深井中醒来
没有带回曾让你心碎的初恋
太阳也刚咽下夜晚这块黑面包

你上前捧着瓷碗,知道
你和它的较量,是你一生的事业——
它总把自己填满,你却总把它挖空

只有屋里的兰花,不觉得露出屁股
是一个需要向你道歉的冒犯
有时,你也羡慕
那些朝天翘着屁股吃草的羊群
它们只关心,一场匆忙抒情的雨水
会不会再次湿润牧场

一整天,你都坐着写书
想做一个放牧文字的牧羊人
甚至想做一块橡皮,哪怕磨掉所有牙齿
也要擦去所有谎言

你的年龄,也许让你更爱家了——

根本不想出门,不想让漫漫长路
把自己的事业搂得更紧

你也许想做的,只是盘旋的老鹰
哪怕帮大雨数着蓬乱的胡须
也要看清万物的沉沦——
你怎能拒绝这末日的诱惑呢?

当你独自穿过喧闹的小巷,抵达黄昏
也许灯火,才是你要查的词典
每道光,都有一张过节的脸
都会在某个时刻,朝你投下它藏匿的阴影

其实你的一天,就是课本里的一节课
你以为,野心能帮你摆脱围剿你的文字
其实家的温暖,也如户外的寒冷
一不小心,也可以让种子衰老、发霉

2015

地　铁

每个人的心底,都有一列地铁
准时把你载到人群的深渊
让你天天,与某个大师擦肩而过

你总把自己想象成人群中的钉子
渴望扎疼一个富人
如同扎疼一个你不常用的词
某个姑娘脸红的一瞬
其实也替你的诗找到了比喻

拥挤的地铁,无法为你的彬彬有礼
腾出不受打扰的空间
你在拥挤中变成了另一个人——
用酋长对抗处长
用流感对抗爱情
用恍惚对抗流言

你喜欢在人群中毫不起眼
这让你的叹息也充满羡慕
你甚至羡慕,地铁有一只仁慈的胃——
它每天吃下你、排出你
却让你毫发无损

对地铁,我说不上爱或恨
它更像一只药瓶
每天装进我这颗胶囊
让我准时到达那只教室的胃——
为一群学生,治疗他们的背叛

2015

笑　声

笑声是最美的美人
也是最亲的亲人
它使一个肮脏的男人变得干净
它使日子，有了让我牵挂的果实

笑声常让我想起爷爷
那被噩运消磨的晚年
笑声成了他桌上的烛光——
烛光用细弱的手臂，帮他照看四散的文字

笑声让爷爷的晚年，有了铮铮铁骨
有了一把能诞生凡高的椅子
笑声让他的胡子，变成占卦的蓍草
占出对末世的预言

自从笑声像初绽的胡子，从我体内长出
我开始懂得，笑声可以在笔尖上跳舞
可以和诗歌有一个私生子
可以让不幸变得消瘦

当我渐渐继承爷爷的这份遗产
才明白,笑不只是从嘴里发出
笑是黑暗中藏得最深的种子
有时哪怕有一副好嗓子,也无法把它唤醒

2015

马　蜂

捅了马蜂窝，我才知错
它们的舌头，真可以杀人
它们的剑是轻的，但愤怒重得人难以承受

记忆中，我背上中过三剑
那消失的疼，还在梦里
它被挫败的毒，已成了我骨中钙的方言

它仿佛说：你我本是一家人
我只需院内一个小小的角落
你却渴望我小小的祖国坠入火中

多年后，我参观博物馆
我打量着马蜂的标本
心想：这笼中的愤怒，只不过刚熄了引擎

2015

鸽 子

从没见鸽子争吵过
只看见它们静静地飞翔
从不知,鸽子是否分天真或世故?
只知,它们没有让自己劳累一生的往事

也许它们就是空气的舌头
懒得说轿车装满的叹息
也许它们在屋脊排着队
争着当白雪结婚的司仪

直到有一天,我从窗口抬头
发现飞翔就是它们的祖国——
飞翔,让我的沉默失去了时间
谢天谢地——是它们
教会了我如何看待祖国

当我站在鸽群下,突然觉得
人啊,甚至都比不上一朵
向鸽子仰头致意的鲜花

2015

盘 子

盘子没有人迷恋的方向
也不在乎哪里是出口
没人能看出,它身上究竟布着多少条路
它平坦得就像舞台,等着糖果穿着盛装演出

它头顶的天空,却是几张云似的人脸
筷子希望,它是从脸上搬下诺言的木梯
盘子也是躺下的墓碑,用花色的墓志铭
总结食物的一生——

它想说,这本是汤勺敲出音乐的广场
却被血肉模糊的肉泥占领
这本是筷子用来穿长筒袜的圆镜
却成了动物的停尸房

是啊,有谁在乎盘子的愿望呢?
它宁愿拥有一马平川的荒芜
也不要靠尸首壮大的繁华

2015

丝绸围巾

围巾是最深情的蛇
它缠住你的脖子
却从未想过要勒死你

它像年轮
要把你围进逝去的童年
让你找回在褴褛中的温暖

它也是攀上你脖子的爬墙虎
你受寒的咳嗽
是它生长的营养

这条贵重的围巾
也不幸沾上了你嫌贫爱富的习气
它抓着你脖上悬挂的钻石
走过乞丐时故意蒙着眼

2015

盐

一颗颗盐,就是一滴滴结冰的泪
帮我数着历史上的灾难
我不能怪罪,它望着美食说:
这里面都是伤口

它怀念曾在大海的自由
现在,它带着对波涛的记忆跃入汤中
却只找到脸的倒影
隐身成为牙齿无法对付的软

某天深夜,它跟随一股冷汗
令我从噩梦中惊醒
梦里的血含着盐的咸味
犹如人的挫折中,有神的沉默

游过了大海,汤水对它
就只是浅浅的水塘
吃饭对它,竟变成残酷的收监

某天,它用很重的咸味令我拼命咳嗽

我的喉咙仿佛摸到了冰冷的鱼刺
也许,它只是想告诉我:
我就要去你的身体里坐牢
你总不该忘记,我究竟是谁吧?

2015

汉与英

——在冬日的弗蒙特,与美国友人谈语言

我的汉语,是你英语的密码
你丢了密码本
我说的粗话,已不会让你脸红

你的英语,是我汉语的密码
你说得再多,你的话也像这里的雪
让我问路的脚印,全都走错

我带来的汉语是一支歌
歌词像脚印,纷纷掉在地上
它们说,我们是冬天的标签
却不知该贴到哪种酒瓶上

要听懂铁锹的劳动,还需要语言吗?
我合上英语课本,突然明白
没有皱纹的雪,最能称出劳动的重量

这里的大雪,说着另一种语言
它把造出的新词,撒满天空
填充着汉语和英语的空洞

2015

音　乐

音乐说,你应该信任美丽的呜咽
这时的音乐是天空,高过我的楼顶
这时屋里的白墙,围成一只白瓷碗
对着夜灯乞讨

我展开的白纸,像窃听器
听着窗外啄木鸟与树的谈判
因为远处喧闹的工地,池水已绷紧神情

音乐说,我就是宁静
帮你卡住了警笛的喉咙
我就是北斗
帮你找到了需要回家的浪子

就连满地丢弃的卫生巾
也忘不掉自己的绝望——
它不只知道女人的冷暖
更知道男人爱女人的祸心

听着音乐,影子悄悄爬上了白纸

但它不在乎没有名姓
听着音乐,窗外的车灯却想引人注目
成为一条吃人的白蛇

听着音乐,我心里
开始涌起无数的方言

2015

窗 户

窗户是房子的眼睛
在替城市找着出路
它也登高望远
把人群看成它眼中的蚂蚁

它也让我的叹息
与街上的喧嚣打成一片
让全家人,如羊群归栏
眼巴巴瞅着同一个方向

窗户也是房子的酒窝
错长在高楼这个莽汉的脸上
我更愿把它看作凹陷的疤痕
甩给虚荣的城市,一张张麻脸

有时,窗户的眼睛忧伤、深邃
有时,窗户是嘴,但它张口结舌——
面对一个个坐在它眼里或嘴里的人
它该看什么或说什么呢?

窗外的世界,早已分不出胜负
我索性成天坐进窗户的眼中
成为让它退休的白内障

2015

异乡之旅

我在异乡失去了语言
无法用陌生的英语
对友人说出那些神秘的瞬间

某一瞬,我看见了鸽子与雪花的婚礼
看见雪的亲戚——冰
正把根须扎进河里
听见火车用铁轮的祷告声
安抚我的孤独

就连酒,也在我体内失去了语言
它用沉默,在我四周筑起一道围墙
我更像蚕茧中的蛹
面对语言的冬眠,幻想某天会长出翅膀

但现在,那幻想的翅膀
只是眼前被风吹得辗转难眠的叶子
任凭它们怎么扑腾,就是无法起飞
它们并不知道,大树的根
才是它们无法翱翔的病

2015

塔

塔是树干,人是叶子
人爬上去,像翠叶长在半空
人走下来,像枯叶落满大地

塔也模仿烟囱,但它
扔掉了烟囱抽打城市的各色长鞭
只留下永不停电的空

塔,守在山巅
是衣架,撑着黑夜的丧服
是火柴,在黑暗中储满照亮别人的光

我更喜欢,塔是一个哑巴
舍弃了漫长人生中的成吨废话
它的无言,时常提醒我
我是否已经说得太多?

塔,也是神的乐器
要在人群中找到中意的音乐家
知道稻田、渔夫、水塘,哪样不是乐谱?

从小到大,我一直仰望塔
让塔慢慢培育我的耐心
当我从无罪的人,成长为有罪的人
我不知究竟哪里出了差错
不知塔为何不会成为我的家

我曾无数次地登塔
是想把低矮的命运悄悄升高?
当我上塔寻找幸福——
这一根扎在异乡的银针
是否真的可以治愈我的乡愁?

2015

卷二
南京哀歌

蝙　蝠

蝙蝠在这里,那里
头顶上无数个黑影叠加
顷刻间,我的孤独有了边界

假如我浮上去
和它们一起沐浴
我会成为晚霞难以承受的惊人重压

当蝙蝠慢慢拖动霞光
我孤独着,蝙蝠便是我的黑天鹅
无数尖齿鸣叫着催促我的血流

一圈又一圈
它们幸福的希望在哪里?
还是每只蝙蝠都想试用月亮这块滑板?

我开始感到它们振翅的温暖
蝙蝠,害怕孤独的蝙蝠,也许你我错在——
不能交谈,却如此接近

2002

中　年

青春是被仇恨啃过的，布满牙印的骨头
是向荒唐退去的，一团热烈的蒸汽
现在，我的面容多么和善
走过的城市，也可以在心里统统夷平了

从遥远的海港，到近处的钟山
日子都是一样陈旧
我拥抱的幸福，也陈旧得像一位烈妇
我一直被她揪着走……

更多青春的种子也变得多余了
即便有一条大河在我的身体里
它也一声不响。年轻时喜欢说月亮是一把镰刀
但现在，它是好脾气的宝石
面对任何人的询问，它只闪闪发光……

2004

二胡手

过去的日子是人民的,也是我的
是野花的,也是制服的
是码头的、处女的
也是河流的、毒妇的
下午醒来,我说不清
自己是盾牌还是利剑?

广场上,有人拉着忧伤的二胡
他有理由让弦曲中的毒蛇伤及路人?
他的脸儿整个隐没于旧时代的黑暗
如果来得及,我愿意
让女儿也把两只小耳朵准备

此刻,我感到过去就是他的表情
不再渴望新生活,像哭湿了的火柴头
与今天再也擦不出火花
过去变成泪珠,但没有地方往下滴啊
蒙尘的盆花也害怕它来洗刷

过去离现在到底有多远?

听曲的新人背着双手,就找到了热爱?
孜孜不倦的二胡手啊,用弦曲支起一道斜坡
我奋力攀爬着,并且朝下滑落

2003

秋天让人静

安静了,就在心里深深享受
只想被一棵巨大的水杉囚住
那些藏在心里的话,不过是被秋风再次说出

安静,使声名变得遥远
在一座山上,提起它已等于放弃
晚霞是山吐出的最后一口气,没人在意
山吐出的血是多么美丽

几只麻雀,好像小心安放着惊恐
直到今天,我走过的路都弯得像年轮
我羡慕,天上那一团团厮杀的星群,有对安静的执迷不悟——
我不住地仰头,学会用安静在深夜里走路

2007

爱情挽歌
　　——致 ZXL

请你接受我迟来的问候吧,那时你一尘不染
玉、丝绸一样爱着心中的皇帝
回想起来,你是一朵玫瑰,却没有怒放过
那天,蜻蜓在幽绿的水面即兴弹奏
我带给你的,只是一场落日的完整

回想起来,那天多辽阔,而生活多破碎
你的心在缩紧,我却婉言告别
只要轻轻一说,你的苦恼就属于过去
我偏停在那个时刻……现在你依然
不能代替我选择,沉默依然是生活的炼金术啊

但我在你的爱中,懂得了虚妄、多余
遥远的你,还会问:"可以吗?"
现在,我的心里没有了寒光闪亮的刀子
风吹夜窗,我在为你洒下几滴眼泪
人生多神秘,而你的旧爱已日渐沉重

2004

我什么都没有隐藏

亲爱的,我累了
累得已不想谈心
只想为你唱上一曲
只想为你做一道儿时的算术题

想象自己重新清澈得像一条小溪
踏上了下山找你的征程——
我更愿意是没有空气的风
什么也不惊扰

学习像落日那样沉默
像手指那样安慰
像木匠那样经心
像酒在血里沉醉

只有你知道,所有的诉说已多么荒凉
我什么都没有隐藏

2013

初恋已慈祥

初恋已慈祥,慈祥如几片落叶
我拾级而上,见桥下已经壮美
听见流水的和声,已有了女孩的嗔怪
每一声,都让我与她相遇

云,一会就不见了
正是这样的离别,藏着惊涛骇浪
那么多的水纹,在围着一片落叶
我知道,那是水的葬礼
已为初恋准备停当

失恋后的揪心,已是一座牧场
从此,我要爱的是落叶,而不是收获
当我把秘密都托付给河水
已有无数的桥,可供我节节败退……

2008

记　忆

也许冬天与你有关，它不只是冷
叫我轻轻地打开一个念头：
心总是无事生非，最好把它安顿在过去——
惟有你我去过的小湖，没有一丝移动

后来，某个城市，和我紧密
灯火沸扬，又与我无关
城里的黑暗，需要一双好眼睛才能适应
城里的生活，要靠硬心肠才能救命

冬天，我身上的旧伤又在痛——
大概你已经衰老，目光还算年轻
曾经的小湖，依旧要应付恋人们的分手

也许你我的记忆并不相同，就像湖水
总是有意或无意翻滚着波浪……

2006

词汇表

云,有关于这个世界的所有说法
城,囤积着这个世界的所有麻烦
爱情,体现出月亮的所有性情
警察,带走了某个月份的阴沉表情
道德,中年时不堪回首的公理,从它
　　可以推导出妻子、劳役和笑容
诗歌,诗人一生都在修缮的一座公墓
灰尘,只要不停搅动,没准就会有好运
孤独,所有声音听上去都像一只受伤的鸟鸣
自由,劳役之后你无所适从的空虚
门,打开了还有什么可保险的?
满足,当没有什么属于你,就不会为得失受苦了
刀子,人与人对话最简洁的方式
发现,不过说出古人心中的难言之隐
方言,从诗人脑海里飘过的一些不生育的云

2003

进　山

那是白云，不是我
是太阳朗照的山谷
不是人群中一颗躁动的心

能向山寺进献的，也许还有别的什么
不只阳光被树隙拉长的鞭子
不只月亮对我不息的无语

让山谷这样充盈
让一棵树，在风中这样笑一笑的
不只我在人世深一脚浅一脚的气馁……

2004

空

路是静的,人也静着
当山岭卸下落日
连星星也在感恩,成为一颗颗
与我相望无语的心

我停在这里,并不孤独
烦恼早已被星光预见
一生也将被草木证实
我走不出的,不是哪个朝代
是月的白发慈悲

当我在草地上睡着
连佛陀也要夸我缄默
像钟山一样的守口如瓶
心中已空无一人……

2004

郊　游

枫叶灼人，它们像灯光
照着一个人的失眠
再大的心愿，这时也更单薄
更虚弱了……

摸一摸枫叶，想一想它们的心
是多么徒劳啊……
一只灰鸠飞过，更增添了枫林的神秘

就这样踱步、失语，到处是心悦诚服啊
人就像这条山溪，已经干涸了
还要从木桥下迂回穿过……

2005

玄武湖即景

那些快艇,让湖里的浪也长大成熟了
我恍然大悟,堂皇的浪花已娶妻生子

风筝让树木仰起头来,我的女儿
还想稳住最初的慌乱,一轮白日残月
要把谁的心来搅动,那眼神像鹰,让我直冒虚汗

像浪花在闪烁的,还有老人脸上的皱纹
他们站在湖边,努力要平息心中的迷乱

是湖水的一生,让落日小得像一只酒盅
它沉到湖水里,去挽留腰身妖冶的乱流

2003

前　湖

湖水发暗,像害着疾病
我最多像麻袋,再帮它动几下
飞鸟快速地,"它只剩下一条路了"

湖水多么像我,这辈子被困在这里
但它的眼里,看不出有丝毫的遗憾
活着,就枕着逐波的快乐

风再小,湖的生命依然刺目
像深夜的灯,一直苏醒着
湖还要以它的涟漪、战栗、心绞痛
为湖边的恋人做些什么……

2004

金陵梧桐

一条梧桐路,可以让我停下手中的活
每片叶子都是小小的耳朵
就算隔着最宽的马路,我的自言自语
依然会让叶子在风中侧目

一排风华正茂的梧桐,多么优美
有着和我们一样的才能
一样的多情,一样的徒然忍受!

我要把去过的城市,都简化成一条梧桐路
听凭叶子把声音的波涛安排!
不能接受梧桐的街道,难免肤浅

在梧桐面前,我显得废话连篇
冬天是它扎起长辫的时节
我嘴唇微启,无限感慨
一排梧桐在怎样忧戚地看着我呀!

2003

登山感怀

山上有我还未走完的路
在今年的路上,我依旧听得见去年的风声
不管风有什么打算
它的喃喃呓语,都像我——
四处走动,把汉语耗得筋疲力尽

悲秋的金黄,对谁是忠诚的?
这是谁的金色牢笼?
我是否还懂得另一些静穆——

一个收集足迹的登山者,他刚驯服了孤独
一条钻进竹林的小路,再也不要北斗指南
一位养育了子女的母亲,晚年永远是她的伤口

2013

林中的二月兰

谁都想看林中的二月兰
仿佛它是枕边花,那么容易想起从前……

它长得任性
已经越过林边那片坟地了

有时钟声也扑向它
既像威胁,又像哺育……

我去过无数次,动过真心
它在风中跪着,像女儿听到了母亲的死讯

它的脸与春天相悖,既有薄命的红颜
又有坟里你争我斗的亡人的羞愧……

2006.5.28 定稿

暮冬时节将军山行
　　——赠杨弋枢、夏夜清

也许山野已有安排,哪怕路走得不对
都与你相干,一只野兔擦着树跑了
一处和尚的坟,也让你停下来想一想
一整天,你看见的山石都很漂亮

树越挺拔,你越觉得自己没用
曾几何时,你这么温驯
什么都懂,却在一座山前站不稳
转一圈,不过证明自己还算镇定

暮冬已了,土里埋着即将发芽的问候
竹林让你忘了自己是谁
只要像腊梅揪着早春不放
你就会忘了自己,就会像冰下的激流富于幻想……

2007

踏 青

我在家中读书,窗外雾霭沉沉
冬雪之后,来了几日暖风
梅花红了,有炊烟飘在山岭处……

邀上几位朋友,悄悄上路
不知春天将教会谁什么?
随便什么花,都够人消磨
孤独,还是那么辽阔……

古道险峻得像是爱情
隔着山寺,我的心跟着一只风筝摇晃
太阳变红时,有人站在山顶在听
连出洞的蝙蝠,也知道此时应该闭上嘴巴

2005

又见北方的山

人生短——而山里的黑夜长
没有流尽的月光——多神秘
一个人的感慨——多陈旧
就算愤怒——也像土里
那踢也踢不动的树根
是——隆重的埋葬!

我领会北风的寒意——
凡能说出的,已光秃,已废弃
只有群星,像一株梅树
天上点点花瓣,是为了让人羞愧
此刻,若要平静就更为艰难!

我的每一步,必须不知疲倦
在山里,有很多悔改的念头
越听狼嚎,心里越多敬重
我难过呀——爱像山谷,已深深凹陷
我是山间惟一的行李
除了走动、铭记,没有一样幸福可以带走

2007

悼老师

此刻花木凋零　熟悉的人已变得陌生
身体里的往事像一只只唢呐　在送死者远行
往事被那么多的人抬着
艰难时日已成了繁星

我躬着身　想知道他在想什么
想知道身体倾入黑暗的依据
炉堂里的触目惊心　成了他最耀眼的秘密
我所景仰的人啊　他的沉睡
竟像火花四溅的钢水……

2004

父 亲

灵堂的最后一夜,我尝试着另一种交谈
我想到,风是一根电话线
一整夜,我听见父亲优雅的舞步
舞步听起来,像一朵刚洗过的云

风把手指伸进了花圈,它给我亲爱的父亲
找回穿衣戴帽的声音
我不敢咳嗽,听凭父亲把自己
打扮成一个体面的汉字

风,结结巴巴模仿父亲的口吃
它说时,我不再脸红
它说时我才发现,那是一串来自天堂的语言念珠
那一夜,我曾哽咽着反反复复地试戴啊……

2008

英雄谷

青山把尖齿朝着一只苍鹰
仿佛等它颓然倒下——
我在山间独饮,等着被大风吹起

旅店四周,据说埋葬着一些英雄
我只是像炊烟,躬一躬身,听山涧轻声的啜泣
只是像山林卑微的枝叶,嗅一嗅青山乳房的气味
更多发着芽的寂静
捧着钟声,爱不释手……

对人生,我再能抱怨什么?
坟头羞怯的小草,会是英雄想对我说的哪句话?
我满山寻找的高人,也许只是这山谷——
它准备吞下飞来的雨云,用成吨的水
洗净人的足迹……

2004

一个下午

我比风还要拙劣——
摸遍山冈,还是不能安静
举目四顾,还盼与野兔的目光相遇

我知道,将被山冈说出的善良
肯定与我无关
清泉只是清泉,却忠于某月的寒天

溪水再细小、蜿蜒,都可以教育人心
可以找到我故去的亲人
连影子坠向何处,都是神圣的

一个下午,我在为不争气的不安忙碌
想不透,这片草地的慈爱是怎样长成的
在一道夕光里,只是假装走得像树影一样安详

2006

蝙蝠给我画像

一只蝙蝠撞上我的脸,又一只已经靠近
也许它们要引起我的注意,我的步子已经放慢
我对它们的等待,就是对恋人的等待

我知道,它们只愿在黄昏时赶来
这样的黄昏更接近虚无
这时的黑暗,更像它们的衣服

也许我浅色的脸,更像一个洞穴
它们要往里飞——

变得空洞的不只是我,还有我的生活
到处都是可疑的漏洞啊
无意间,被蝙蝠的回声一一探出……

2006

树的去处

每棵树,都有一个去处
高背椅是去处,寺庙的廊柱是去处
让铁轮压在肩上的枕木是去处
让笔尖在脸上刺字的白纸是去处

有时,人们还搭起戏台来炫耀——
搭得再好的木台,也是树切切割割的疼痛
木鱼,已含着树木难以瞑目的余音
古琴奏出的《平沙落雁》,已含着斧子难以入眠的不安

人们新婚时搂着树的白骨
我们的一切幸福都是这样开始——
我们已忘掉树死去的情意。那一声不吭的死
已变成我们生活中的各种排场!

2009

中风老人

轮椅里的中风的老人,蜷缩得
像一颗陷在衣褶里的纽扣,但双眼
是跳舞的青春、顽皮的刀片
甚至想给过路女人一点伤害
是什么让他的心变得这么强壮?

他的眼睛追踪着满街的女人,把积怨
像秽物排出体外,两个把他架来的娘儿们
无法忍受他长时间的张望,连这个
尸体般的老人,也有撕心裂肺的非分之想
那么,还有什么样的生活是我不该适应的?

2003

哭泣之歌

流泪是常有的事,尤其到了中年
这可不是高尚的风俗,你心中的冬天
能走多远,眼泪也要跟随多远
眼泪常是别人的磨难,在你体内受孕而成的

你常忘了为自己而哭
当你蓦然回首,你的心却在为过去加冕
记忆里满是爷爷担河沙的号子声
你是要为他哭一哭的,他的一生只有菩萨能彻悟

这个年龄,你向神又靠拢了一步
良知挨过了青年的冬天,开始发芽
这个年龄,方言已经成了向往
你观着《牡丹亭》,有泪盈眶

2004

题南飞雁

不是天籁之声,又能是什么?
在枫林的上方,在云层的下面
雁群的叫声突然窒息了我
仅仅几秒,我的内心就慌乱了……

一群,又一群
它们瞥一眼弄脏的城镇
就把对噩梦的战栗传递给我们
它们是秋天的最后的谣曲吗?

我像一只幼雁,已掌控在这片雁声中
我承受着和雁群分离的痛苦
我的眼泪里有一座咏唱的歌厅
带我随便飞落到哪里去吧
只要别掉在人世的空洞里

2004

老 歌

我再次怀念那首老歌
再次听到,还是心儿狂跳
就那么听到掌灯时分
听到人儿恍惚,才更靠近过去……

让别人的心里都挤满黎明吧
我愿意是老歌里那个孤独的人
看哗哗的长风抱着十里长堤
看月光用它的银针,为我缝补那件旧衣……

我认出老歌里有我已没有她
认出那些真心始于一次探望
如今,当我熬得头发花白,输得两袖清风
还是那首老歌在等我
为我的余生再次撑腰……

2009

家　乡

那年九月,远方对准了我的心
我离家,走外省,该是多么不孝
爱上的小溪,一路却没有名字
钟山既真真切切,又像假的——

要抛下家乡的龙王山,并不容易
一样的毛竹,激起的心事各不相同
一样的寂静,也散着不一样的含蓄
我感慨着钟山时,偏像感慨着龙王山

后来,家乡并不适宜回去——
拆掉的古镇,在心中空出的是黑暗
有一年,我想通了,为什么来外省
我只剩一个旧的家乡,和它不能再生离死别
现在,家乡仿佛就是我自己……

2006

雁阵似剪刀

坐在广场,我只有预感
我爱的雁阵,像天上一对细长的对联
它们想说的话,连坟场的寂静也不打扰
它们只剩下远方用来安身

凝望雁阵,我看清了心里那么多的幽暗——
它们犹如哭瞎了眼的两行长泪,提醒着万物
但我不是万物,连消退的晚霞也不是
当落叶满地,我有的只是落叶的动摇……

也许下一个清明,我就把雁阵遗忘了
忘了雁阵曾想绕过我们的执着!
看鸟儿归巢,已不急于表态
怀揣从墓地带回的谈资,让生活变得更逍遥……

2006

悼友人张鸿昭

尘世把你当作一个果实献给死亡
那根卡在喉底的鱼刺,也成了你
留给妻儿的最后愿望:像鱼刺般
既韧又利,专门猎取柔和的呼吸!
现在,再没有什么能战胜你了
死亡是深邃的、祝福的、成熟的
青年时落入死亡,你就不再有变化了
不会有宽容而忧郁的老年,免得看
青春的倒影,如何腐堤般伸向死亡的泥河

在另些人眼里,你喉底的鱼刺
是那个冬天的喜剧。但我想说
你的死是暂时的,就像所有祝福都是暂时的
我曾像妇人一样悄悄哭过——
想弄清啊,什么是更深的深渊!
直到火葬厂的烟囱,向我吐出你最后一口烟圈

2003

悲 哀

悲哀就像月光
照耀着岗亭,也照耀着胸无城府的人
照耀着新婚的红绸,也照耀着一咏三叹的戏子
告诉世界,悲哀也可以身轻如燕

一个人认出悲哀,需要许多年
当你打完幸福的电话,要看见悲哀落了一地
当你回归故里,要看见一地枯叶才是思念
见着波涛,要看见它正怀着悲哀的身孕

或来听一折昆曲吧,悲哀会在舞台和你之间往返
一不小心,老生会踩伤你的神气
他只会用一座废弃的桃园,来答复你——
什么是悲哀?悲哀在哪里?

2009

异 乡

我在城边转来转去,看见秋天在慢慢转身
叶子落下来,在织一匹冬天的布
和风的日子不多了,也许附近的山林还不够空阔

飞鸟还能飞出什么样的心情?
就算追上最后一道夕光,也安慰不了落日
安慰不了我——

这一刻的沉迷,就是下一刻的遗忘
也许只一次,眼泪已帮我收拢心中的乱线
已替我说出故乡和异乡的差别……

2006

另一种怀念
　　——给 Y

我怀念着你,在抖动摇晃的渡轮上
在欲言又止的尘土中
我至今守住的,是你的铁石心肠
是你的意义不明,就是在这山坡上
每一个分手的细节,都长成了小树!

自从你走后,我见识着山水,不再孤单
见识着尘土,不再羞涩
我静想,在明月朗照的异邦
你是否找到了那种生活
也许鹿的足迹,比你还清楚你的愿望

但我必须在空荡、亲切的故土
在蚊蝇成群的百里江川
敲敲击击中,遥望钟山
每天写下许多字,才能安睡并忘乎所以

2005

粗　话

街上的粗话,有时会从我背后
追着心里的痛,会让我一下变得挺陈旧
我像梧桐,似乎无法迁徙
是平庸的生活,令我把脚步停住——

一对情侣的亲昵粗话,让我产生了信赖
原来可以用黑暗爱一个人——
藏在黑暗里的甜
更新鲜,更强烈……

他们的粗话,称出了我初恋的重量
那年,优雅成了初恋中的距离、寒气
我和她,除了优雅什么也不做——
当年闪闪发光的初恋,似乎就缺这么一点黑暗

2006

四月的双飞燕

屋顶上有两只燕子
没有人能猜出一阵燕鸣的含义
我拍响巴掌,仿佛掌声与燕子已经谈上

只希望与燕子的舌头一模一样
不去述说经书的不朽,不再被南宋词冰凉了胸口
大地无边的苍凉,已像燕鸣声声相闻……

我要为异乡的恋人斟酒十杯
让燕子检阅我的醉意,检阅我的泪水
此刻,任何离别都不是离别
依旧像双飞燕,点缀着四月……

2006

旧 情

有过的爱情,写了又写,感觉还是不够
在树林的尽头,我在适应无爱的世界
适应淅淅沥沥的雨,适应违章建筑

记忆可以改变,一些痛已经让人着迷
看见太阳,心里升起的是月亮
走在夏天,也许心里的事恰恰冰凉

泪水常突如其来,令我不知所措——
我已被最后一声鸟鸣唤醒,遥望钟山历历可见
思念正起于一片暮色……

2006

城郊离别

细雨的城郊,只有你
被离别惊吓的,只有我
叶子谢了,要护送你小心上路
就算住进一座花园,我的心也穿上了你的脚印

我反反复复的忧伤
如何陪伴你的快乐呢?
秋雨中已无新枝可长,已无阳光临照
放眼望去,那些远山正等着你乘车路过

你要去的北方,是干净的?
你要离别的南方,已提早忧郁
惟有黑夜腾出一片想象——想象你我是两只山羊
面对城郊无尽的野草,你我都要消化得最好

2007.10

病　中

在他生过的几种病中,她像药片
在血管里走着慢三步,也许她
还举着旗子,为一队好奇的游客备了马鞍
她走后,他的身体里剩下了什么?
是否有了更大、更病态的勇气?

在大街上,他看见一千张与她相似的脸
也就是一千粒相似的药片
与病中的虚无周旋
一片一片,掉进她泪腺的金鱼缸!

他生过几种病,就有几种理解她的方式
他开始为他的过错计数
仿佛要为时间,找到最公正的石英钟!

2004

中秋月

夜已深,浪在安眠
我看着被李白关心过的明月
它像空白的账本,上面没有账可记

弯腰处,是一池秋水
我在涟漪间认出了你的颤栗
今夜,我要熟悉的,不是一个节日
是你常谈的屋檐下的那只飞燕……

也许我的夜不成寐,已漏洞百出
我等着曙色,就像明月——这空白的账本
等着一笔巨大的债务……

2005

三 月

一日三餐,我在被什么改变
窗外的梧桐,城外的蔬菜
或一个不幸的消息,一个女孩脸红的表情
这些都令我想起什么,禁不住地动心

山岭离我很远,但它最容易把握
侧卧山脊,心就像岩石一样安谧
但在天空飞翔的,在地上流动的
不是一句"多么美啊"就可以了断的

和鸟儿伴歌,不知失望的会是谁?
众鸟想要告诉我的,高人已经说过
必须习惯什么也没有,学学那个乞丐
到河边坐一坐,笑着把暮色苍茫悄悄放过……

2005

十 月

十月的大街上,露珠缀成清晨
我在日子之间奔波,已经染上梧桐的秋色

曾陷入夏夜的忧患,这时睡去,比母爱还美好
我目不斜视,但依然是一个过客

浪花在秋天已经停止跺脚
它还在水下暗中给我信心

山崖边的散步,已无需风来提醒危险
十月,烧纸钱的人更少,冬天已成了芳邻

远方,在寂然无声中做好了准备
而我还没把十月消化,已伸手去扶瑟缩发抖的冬日

2004

十一月

如果鸟声寥落,如果阴雨洒下
如果茫然继续像风,从枯叶上哗哗飞过
如果翅膀不再对天空着了迷……

十一月了,我不能再说万物是亲戚
也许十一月的使命,比阳春三月还多
十一月的水波,挤得像群山
连日出日落,也不只为了像我这样的好观众

大雪总有一天要飘来,飘得大家心平气静
一些腊梅,仍将用全部的越轨爱上冬天
那时,落叶就像我们的欢乐,已经开始腐烂……

但愿在十一月,我的心情还能变出花样
走进闹市或坐在山边,心里还能闹出乱子
就算夜空的星星格外稀少,也不要把十一月当成路过!

2006

大　风

走在街上,你会看到成片的落花
它们好像男人眼中成群跳舞的中年妇女

一瞬间,风就改变了季节
花们等着照最后一次镜子

再没有花蕾的发育,可以引诱你的想象了
街上什么都在跌落啊,体面地跌落!

你发现太阳老了,瘫坐在西边那把椅子上
你的生活被风掀开了小小的衣角

整个下午狂暴的大风,让你享受到命运谷底的爱
大风对花儿、枝叶、大树、甚至船员执行了死刑

它把你留在街上奔走,仅仅幻想着死
仅仅学它不礼貌的风流样儿

这条又破又旧的大街,快要装不下你的感慨了

曾经火似的鲜花,现在血一样在地上挣扎
像要把谁奋力地送出黑暗……

2003

美 感

我真想为这座城建一座寓所
再建一座寓所,直到这样的寓所
把丑陋的房子通通挤走
被视线抬得高高的,应该是低矮的院子
几棵桃树适合为落伍的躯体轻声祝福!

那些漂亮的长凳,它们操着旧朝的语言
对厅堂生活早已厌倦了,愿意头顶着树
让门牙感到院落中的冷风
几个晚上,我都可以一动不动
看着星辰、明月,就是看着诗歌出生

远处有姑娘走动,在悔恨,收获着秋天的寒意
冬天在更远处隐隐地磨牙
我翻看着书本中的四季,一丝冲动在喉底回旋:
"来吧冬天,我要用鞋把属于你的白雪通通踩脏!"

2003

那 那
——给三岁的女儿

她睡着了,我却无法想到更远
这位调遣父母的大师
发怒时她的口气是甜的
她安静了,我心里的虚弱才连成一片……

我常空腹听她絮叨
甚至等她把我当垃圾扔掉
尝一粒她施舍的软糖
就像尝到未来幸福的含量
有一天,她也会像我一样
忙碌着闪亮的功名?

"爸爸",她几乎喊出了一种预感
我正建造的未来,像她想的那么清白吗?
她把积木垒得比想象的明天还要崇高
看她心满意足,我心里只剩下幻觉
只见拨云见日的人生……

刚才我教育她,夜间不要大声说话

她不明白一盏灯为什么熄了又亮?
如果雨下一夜,为什么木船迟迟不来?
幸亏我醒着,见到她的涎水幸福地流动……

2002

奶奶之死

奶奶死了多年,我的内疚
还是没法排遣,她不希望
爷爷的死给老宅带来变化
但儿女们的盘算,是她怀着佛心看不透的

死前她住在租来的陋屋
春天已变成死前的泥泞
我寄去的钱,简直像羞辱
家人的爱啊,怎么会变得如此涣散?

当微风吹拂坟头
死后的孝敬已变得容易
我们再努力啊,也成不了陪伴她的小径
路边的花草枯萎凋零
仿佛我们已经用尽的孝心……

2004

致爷爷

你死后,你的路还在延伸
我躲进你的旧作
也就躲进一滴孤单的泪中
即便里面是齐天巨浪,也如此沉寂

一切都静得叫人发慌,你的旧作
在暗中移动了谁的身体
让他躲过更加血腥的一页
你的用意如此温暖,让我忍不住泪涌……

风来了,我该不该把响动告诉父亲?
似乎在风的深处,你正在折叠自己的一生
风把你当作世间的灰尘,不停拍打
正朗读你阴间的一卷新书?

2004

山　寺

人还经历着那么多的恨
连一座山寺也无能为力
风啊,还想把投入池底的硬币用力掀去
用力掀去我心上的浮尘

一动不动的菩萨,他不挽留秋色
也不挽留忿懑,他广袤的心境
是我一辈子也走不完的
为谁所理解的暮色降临
里面藏着一分币的自由

一天逝去,人的智慧
仍没有显露,我尝试过无数次
暮色已是渐渐失明的担犹
遥望天际,晚霞的美已难以言表
犹如我脸上通红的羞愧……

2004

白　雪

秋风吹雁,落下的却是白雪
应是雪松举枝在等候
应是船桅似针,针针扎向江水的黄胸脯……

一树白雪,白得像警告
白得像是历代的良心……
很久后,我才能为这种白说出一种宿命

当我掩埋了雪上的污垢,甚至不敢
去想不光彩的事,我的孤傲是人民不需要的
和雪一比,比悔恨更孱弱……

2006

南京的绿

我喜欢南京的绿,绿中的爱
绿中包含的命运,绿中解放心灵的风
看碧波上的船,是否配得上绿的高贵?

就算投向绿的眼神是冷的,绿已成熟
它读出冷的眼神,其实是空空如也
仅仅小心谈到绿,大家也松了一口气

绿能衬出所有的坏消息,衬出丢失的幸福
如果绿能不走,连内心的冷也会虚幻
我知道绿从不困惑,就算闹市中的那两排梧桐
也比黑压压的心事要高明许多

2006

反常的气候

我见过在洪水中漂来荡去的家具
见过尸体——也用逃命的速度顺流向东

如果无聊,我也想一想,洪水一生要赶多少路?
活着的众生,到底算不算是对山河的赞美?

置身于劳作,仿佛才能看清祖国
看清千山万水早已累了,它们哑了多年的嗓子开始怒吼

我们能有多少与山河对峙的智慧?
我们的福分,快要被小聪明耗尽了……

冬天下梅雨,下得让人害怕
就算冬天变春天,我也不敢祝福了

喧响的心思像雨水,在黑枝上一闪一闪
就算暮色掩盖着大地,我也不敢享受一排梧桐的寂静了

2006

茫　然

还在经历,你已成了盲人
不知道该怎样叙述,也看不清那个人是谁
只知道,还没过去的荒凉可以暂时叫茫然
每一天,它都像空气,托着快要掉下去的叹气

某只飞鸟,在某天也会茫然
茫然于某片树林越来越小
茫然于某条公路越伸越长
多茫然啊,它看过的某片美景只剩下了追忆

茫然也是车辙要找的地方
茫然已还不回你原来的清白之身
看着樱花惨白的脸儿,你会想它是否值得?
其实来不及想,你和它一样,已在奔波中茫然……

2009

城市之歌

熟悉的服饰,熟悉的车流
熟悉的街巷中的落日
熟悉的街头的斗殴,只一瞬
我就厌恶了眼前的一切

是一场刚结束的阵雨,打开了清新
是鲁莽闯入的坏消息,在阻止中年的钙流失
是的,生活不能只用新的街道来验收——
仰望高楼,我惊恐于什么都以祖国的名义……

我们的城市无边广大,但有什么值得我们去热爱?
活下去,成了唯一的江山
平庸,成了我们周身的血
我们的口号绰绰有余,我们的亲人寥寥无几

2009

夜读有感

鸟声里有芳香,书关起门来读有芳香
我读《迷楼》,得到满身凉爽
深夜和星星对看,它的沉着我不敢怠慢
它的银色眼珠子,总是闪着悬念……

深夜的都市,变得像亲人
连恨,也不便摸黑做一做
我这么多年的夜读,仿佛只是为了得到宽恕——
活已轻于鸿毛,哪怕献给天空的是炊烟
也要遮一遮星光……

夜读就像赶路,要赶在太阳露面之前
更多的体验喜欢黑夜。当我端坐床头
才知道真理有时多么弱小,它时常搬出人的身体
只留一个无所事事的山河,让我惆怅……

2006

人是什么？

人是什么？也许摇晃的露珠还在犹豫
鸽子还想与喷泉商量
而风，它让人闭上眼睛
不看眼前的花枝，只听远处鸟儿的咳嗽

人是什么？那么多的牛在耕地上劳作
大地露出病象，人却在一条大街上玩得更欢
白昼已穿上白孝服，等着大地来一声咳嗽
俯下身来的山岚，是群山呵出的一股怜悯

人是什么？虽然下雨了，河却无助地黑暗
也有不合群的人来到城边，只想置身事外
这个阴云下的失败者，就像一截废弃的明城墙
它停在户外，只能吸进那个季节的更多寒气

2007

神　秘

整个夜晚，我在徘徊
窗外的月光叫人充满期待
那些失去的，已在心里变得更富饶
夜里许多阴影，比一头大象还重——
我只有用谦虚才对得起它们！

我心里的黄州，并不在别处
黄州就在南京，它们都是无辜的
难免有一些街树、河湾不一样
但得到的孤独能有什么不同——
活到四十，再不孤独就是可耻的

再没有了陌生的城市、陌生的人性
往事已变成黑暗里的一颗钻石
但我期待，还有什么不是一览无余的
就像今晚的月光，准许夜云故意遮住北斗的翅膀……

2006

我们还没成为朋友
　　——悼陈超

那一刹那,最为惊心——
你想飞到最低,低到再也没有尘世
没有无法敷衍的课堂

已经盛开的冬花,没有因为哀悼开得更多
缓缓流动的河水,也像不懂事的孩子
不知说还是沉默

我想着你生前的模样,如草木枯荣的大地
布满倦乏的耕作
像萝卜,割掉青春的叶子
把无遮无拦的余生,全部献给耐心

你来过信,见过,唯独没有深谈
来不及了,我们还没成为朋友
节省一段友谊,却留出更深的空虚

江南烟雨,善于应验你诗中的怀疑
砖头下的蚯蚓,也因为你的书

保存着新鲜的弦外之音

走过人群,你需要的不是太阳
不是友谊,不是泪水
你需要一个来自肉体帝国的好消息
只是,坏消息总比好消息,更容易上路

2014.11.19

悼乙宴

我像窗外的细雨,忍住不哭出声
你是月亮,让眼前的黑夜有了眼睛
当你用绝句,走完自己的一生
连石头也感到孤单

我就像乌尘中的矿工,曾被你的琴声洗得干干净净
塞满记忆的口音,现在已和说话的人走失
窗外的叶子又黄了,每一片落叶都那么沉重
每一片都在用风朗诵你的诗篇

直到夜晚降临,月光有了你的风度
直到低飞的云像你,有了呵护猫叫的冲动
直到这条安静的巷子,像你颈上的围巾
紧紧围住我们被风吹得寒冷的思念

2013

卷三
东方集

东方集（选20）

题记：我把写四行诗视为基本功，也可以解释我的诗多数按四行分节。我对短制的迷恋，源于对古诗的翻译。翻译越失望，越令我了解白话的坏脾气。以下四行诗，是我与白话搏斗的结果。用短制捕捉诗意，能让我知道最小的语言荒地在哪里。无可否认，是绝句、《万叶集》、萨福等，令我热切地把精力投入进去。

1

和你相见的路，多么遥远
马儿剽悍，还是一样无用
四十岁的呢喃，还是一样无用
初夏，长路经过的泥土、树丛，已在微微发汗

2

是晃动的朝露，受不了小鸟催促
但秋色不会停下，等待朝露的瞳仁
红叶——这是谁安排的勾人思念？
穿好红装，与我相见

3

露水突然发寒,望见了叶的厄运
北风起时,月已悲凉
来碰运气的心情,刚刚越过山岭
没有你的夜晚,立或坐都是错

4

邮寄出去的,已不是爱情
一本书,一张照片,都会令人失望
爱情的断章,已渡不过河流、峡谷、大洋……
宝贝,若是大雪纷飞,你该知道我在准备翅膀

5

趁着雨停,我赶路与你相见
你的影子,多得足以举办一场葬礼
那时,我还是孩子,却想和你小睡一会
未穿衣的你,肌肤白得像空旷

6

相识是注定的,幸福是无助的
你莞尔一笑,养活一片恋心

我能说出的,只是惊蛰日的夜市
你是已经停泊的海中白浪,是已经劈开的月光

7

梦是望远镜,积攒着小道消息——
望见你身边的小河,不再是安慰
望见你正在整理衣扣——那是看守你肉体的一群狱警
望见春风刮得不明就里,比冬天更像冬天

8

说说海浪翻腾的秘密吧,那是谁的劳动汗水?
当浪紧紧抓住船儿,它在索要谁的厄运?
逃不出的一劫里,充满爱纵容的尖叫
在船刚刚铺就的航道上,每个浪都想跃为华山

9

我最怕,想不起她的样子
最先是容貌,最后是身体
记忆中有好大的空白,往事像冬天的枯树
受着北风的审判。更虚无,也就更汹涌⋯⋯

10

选择一个艳阳天,退入三十岁

把手放在她的乳房上,裸体传达的忠贞
比放浪更传神。那样的幸福都曾翘过尾巴
肌肤贴得那么紧,才使如今的心事隔得这么远

11

用肥皂洗一洗舌头
洗去秘而不宣的脏话,洗去满目疮痍的甜言
请重数头上的一千颗星星,不管用哪只手
请把失败、飞灰,安排进你的追求

12

过去多强盗,今日多谎言
是过好日子的愿望,令我们陷入新泥
是一撇一捺的舌头,把祖国请来做客
是酒令祖国满脸通红,什么都能宽恕

13

夜里做的事,没人想在白天做
没人嫌月的天窗太小,怎么也跳不出去
到处是夜的黑口罩,像池水的心跳,撩人春梦
一个两手空空的人,等着接月亮被砍下的头颅

14

圆月说,请戴上我的单片眼镜——
是的,理解镜片的深意,需要很多年!
我的视力,已经混入飞蚊和雾气
就像祖国,得靠水灾才能熬过艳阳的夏季

15

教日子一个躺下来的姿势,不要赞美它的安魂曲
教星星伸出闪亮的舌头,让它舔一舔祖国的伤口
教我们打捞溺水者的名字,不要说出它就是中国
一不小心,阳光正好就是月光

16

山像一只兽,聆听着寂静
是谁找不到,它呼吸的证据?
一个山民壮着胆儿,去攀山的脊背
阴坡和阳坡各安天命,等着山民说哪条坡善,哪条坡恶

17

三五成群,而我是愿意孤独的人
省下聚宴的酒,省下离别的惆怅

裹着太厚的幸福,幸福就变成寒冬
只有览尽山川,一个人才不再是一个人

18

成排的梧桐,只衬着一颗星——
夜空说,是城市毁了我的脸
是喧嚣让寂静变成远方。我不是唯一
想转身离去的人,只想听那颗金星,用沉默歌唱

19

池水摇晃,只想摆脱落叶的纠缠
在秋的葬礼上,它不愿扮作一滴悲泪
一座山寺静坐云端,呵护着所有朝代的孤单
云越汹涌,越美得像乱世……

20

和家人共度元旦,这是去年在向今年求爱?
爆竹声声,收藏着祖先们的快意
慈悲耐心地像彩旗拂动。为了过好重逢的节日
我外出寻找一个颠覆朝代的动词

2010

南京夜曲

九点

月亮开始长出乌亮的长发
让男人着迷,如同灯
让蛾子着迷

十点

我们——黑夜的仆人
一同戴上它的墨镜

十一点

脚步声闯进了梦里
成为阴险的敲门声

零点

没有谁比醒着的人更孤独
安眠药,只是不让焦虑爆炸

一点

树根翘起腿来
绊倒了一个夜行者

两点

一个,两个,醉鬼
被月亮的银斧
劈倒

三点

灯下站岗的影子,多么想
被飞翔的梦蒸发

四点

在梦里爬行的爱情
用露珠舔着伤口

五点

银河开始碎成锁链
锁住了晨读的学子

六点

旭日不知羞耻
开始颁发它的委任状

2014

伊宁短章

蓝色

这是让晚年清醒的颜色
这是让初恋发生的蓝焰
这是南方客心里一本爱情的旧账簿
离去时,他已学会原谅
从今后,他愿意在蓝色中做一个隐士
走到孤独的尽头

注:伊宁维吾尔族人家的房子都是蓝色。

手风琴博物馆

每架手风琴里的忧伤,都找过他
每个琴键上的快乐,都迷过他
五百架手风琴都是他不死的孩子
已成为春天的一部分
如果要看落日,他就是最懂得宽恕的落日
如果要看日出,他就是最懂得催生的日出

注：诗中的"他"指伊宁一个俄罗斯族老人，他用一生的积蓄收藏了五百多架手风琴。

街边溪流

溪水发出迎客的噪音
也发出送别的轻叹
让我愿意闭上眼，想象它的源头
它裹来雪的怀春、山的耐心
它用清澈，证明我已污染
我真想像它那样，用余生去挽留雪山的余生

注：伊宁维吾尔族家家户户门前，都有溪水流过。

2010

现代绝句

婚姻
　　——给妻子

我是你所有的朋友
也是你所有的敌人
爱就像绣花,难免会扎破指头
就像把木房送给白蚁,让它享受房子坍塌的幸福

情爱

你是我被窝里的海
我要奋力游泳
我就没打算活
我要证明我的余生不在海岸

老年

在老年,捧读一本书是幸福
把老婆的叮嘱敷在耳里是幸福
打开门,看见蓝天是幸福

敲错门,轻声道歉也是幸福

幸福问题

最值钱的金条,都来自太阳
但我不敢直视那个源泉
直视太阳的凹镜,烧着了纸
但我不知,凹镜与纸谁更幸福?

2012

孤　独

孤独不会变异
它在古代，就已经古老

我走过一棵古树
用手摸着巨大的根
我的孤独
竟扎得像树根一样深
惊动了田鼠的睡眠

2012

约 会

我等着和她会面
我打开一本书——

突然,形容词散发着她的体香
动词留下了她的脚印
名词带来她的安静

那一刻,那本书就是怯生生的她

2012

思 念

奶奶手上的那碗白米饭
如今,端在我的手上

每一粒都成为我胃里思念的风暴
每一粒都穿过我羞愧的肠道
奔回大地——
现在,思念伸展在无垠的稻田
密密地立成稻秆

2012

夜行火车

雨像彻夜不歇的马蹄
它敲打的褐色土地彻夜不醒

一块褐土的皮肤上,一列火车正驰过
我瞥见车窗里的倩影,仿佛一根华丽的羽毛
火车报答了做梦的皮肤

2003

感　遇

欢聚之后,空虚更深了……
我看着,走着,又沉湎于一条旧路。

人要挺住的,不是悲痛,而是春暖花开,
像夜空的浮云,来来往往,不过遮一遮星光……

2005

古 风

人生醒时有多少,沉醉的日子唯与车轮比快;
纵使有一百年的幸福,你的心还是要渐次悲凉。

某日的饮酒长醉,仿佛消磨掉了一个人的空落,
仿佛悲秋不再湍急,落叶也愧说凋落。

醉了就像秋风,在雁行书写的秋云中。
人生需要应对多少的细枝末节,空蒙的山河比人生更暧昧……

2005

倾 听

闭上眼睛,这座山就消失
消失了夏天,收割后的空闲
仿佛夜,收割走了所有人的影子

我感到某片树丛中的某种离别
就像一只鸟,觅食中丢失了太多的时光
树丛的黑暗把剩余的幸福隐藏

2003

幸 福

她睡着的时候
我该把爱情放在哪里
放在她光滑的肩胛
雪白的臀上
情欲的停留处
或她不知道的某个地方

事实上,这个烦恼的人
屏住声息
在变换着幸福的方式

2001

称　呼

我应该怎么称呼你
叫你小核桃
小丝瓜
小兔子
叫你
用得上另外的二十个名称
孤独时才能看清
名称之间的深沟
你不再爱我
你的性别
仍在名称之间横越

2001

习 惯

在暗处,眼睛
被光线啄了一下,
他觉得疼,
他不习惯。
但那是一只什么鸟呢?
他追出来看,
竟发觉,黑暗
是一只死去的乌鸦。

1986.2

集体舞

我们手拉手
围住一只高脚凳
凳上什么也没有
我们的手上除了手
什么也没有

1989.3.17

女生校服

我凝视着女生，就像凝视着最纯的洁白
甚至忘记了女人的模样。
她们像诗歌，分成几行——
第一行，有叫脸的玉兰，有叫嘴的乐器，有叫颈的杨柳
第二行，有叫上衣的白云或蓝天
第三行，那已经上路的裙摆突然停下，礼让着自由奔跑的大腿
第四行的小腿，习惯把长筒袜的门窗关紧
第五行我最熟悉，那是蚂蚁或青草最妒忌的球鞋
载着她们和美梦赛跑

2011

注：台湾女生校服着力体现少女的清纯之美，不同于比较中性化的大陆女生校服。

垦丁的海

浪像孕妇,可以生浪
而我,可以从浪尖找到许多东西
找到磨亮的锄头、擦亮的皮鞋
找到汹涌的泪水、醉醺醺的酒瓶
找到垦丁的白灯塔、画画的白纸

我找到的所有白花,很快都会凋谢
我找到的所有白天鹅,很快都会飞走
我找到的最白的纯洁,像一把亮剑
很快把我划伤

作为千里之外的来客,我听得见自己在浪尖呼喊

2011

注:垦丁系台湾最南端,那里面朝太平洋,海碧蓝,浪雪白。

单相思

找到垦丁的海,我就找到洗净自己的盐
我的眼睛,也就找到了哭泣
留在沙滩上的鞋子,也就找到了最后一级台阶

我的人生,这时是翻过浪尖的一支铜号
它用大赦般的嗓音,对着月亮承诺——
潮汐有多愤怒,我就有多愤怒
潮汐有多笨拙,我也有多笨拙

陆地,只顾用海水洗濯海岸线的脏长发
我只顾骑着浪头,想摘一朵干净的白玫瑰
但海一掌推开我,将一万朵白玫瑰揽进怀中

2014

在旗津渔港,知天命

旗津的海上有帆
更像渔人升起炊烟
这时,浪也分男女
相互找着恋爱的感觉

海不再当明镜,只是证明
怒波狂涛不过是男男女女的胴体

我有点悲伤——
海上并没有我的胴体!
我像海上的那只孤帆
一心只想抛锚靠岸

2014.9.23

繁体与简体

繁体适合返乡,简体更适合遗忘
繁体葬着我们的祖先,简体已被酒宴埋葬
繁体像江山,连细小的灰尘也要收集
简体像书包,不愿收留课本以外的东西
繁体扇动着无数的翅膀,但不发出一点噪声
简体却像脱缰之马,只顾驰骋在滥发文件的平原
当繁体搀扶着所有走得慢的名词和形容词
简体只顾建造动词专用的高铁

简体会说,繁体长得像半死不活的碑文
会讥讽,繁体还穿着旗袍、蹬着三寸金莲、戴着民国的假睫毛
会把繁体的安静、低调,说成是不善言辞
会把自己脸上的色斑,说成是福痣
当繁体把话题交给上半身
简体的梦已卡在下半身,无法拔出
忙碌中,简体像雾气,从不想排队
繁体相信,排队的耐心能造一把好斧子,能写一本好哲学

简体已砍去多少枝条,就已留下多少伤口
繁体每多一道弯,就多一条路

就多了前世和来世,不像简体,只能把自己捐给今生
瞧,简体把最重的担子已卸给繁体,生怕被快乐抛弃
但简体不知,繁体身上的锈迹,也是夺目的鳞片
繁体身上的寂静,也是动人的歌声
当我,被夹在繁体和简体之间
我就像最后一个知情者,日夜承受着秘密的负重

2011

我在台北,无端地想写一首新疆的诗

我飞到台北,却还在你的疆土
我不知热馕、天池、大巴扎、毡房,还会伸向我意识的哪里?
它们已使我的内心,喋喋不休——
就像飞沙走石,充满快要用完自由的担忧!

八月,我来到台湾
当我记下台湾某个地名,却看见新疆忽冷忽热的影子
看见这座岛屿就像一只新疆的山鹰,因为迷途睡在海里
看见九份夜空的群星,蛰伏着新疆天池的粼粼波光

当我一头扎进台湾的森林,发觉
我没有与新疆的瀑布告别
暖暖熏风是某个新疆老寿星的手,还在摸索我的脸
我泡在乌来温泉的身体,还在探试新疆酒杯的深浅

台湾的夜晚,也许是世上最大的一块黑板
等着我用雪白的善良,像粉笔一样爱它
爱,就像架在新疆与台湾之间的一根琴弦,我要拼命弹它
在任何一夜,弹得就像离别

我在台北,无端地想写一首新疆的诗
台北虽然没有毡房的炊烟,但都有一只叹息的肺

2011

注:我来台北前刚好去过新疆,记忆中的新疆难免与视线中的台湾相互交织,难舍难分。

日月潭

第一夜,看见灯火明明灭灭
就像美人,被黑纱遮住了脸
我想:也许你的名字比你更美
也许你的阴影比谁都长
就算我有银河的翅膀,恐也飞不出你的忧伤

第二天,看见光线像毛笔
不停勾勒你脸上的慈爱和苍桑
看见浮屿藏着把小船变成草原的野心
闻到槟榔花香,像初恋,持久而迷乱
看见万顷碧波,像千万片绿叶试图挽回春天

我,一个中年,流连在湖边
看见每朵浪花都是新生的烛焰
用舞蹈取代云中的烈阳。此刻
我与每朵浪花的距离,就是与每个记忆的距离
与每种幸福的距离。不管我来自何方
从今后,我的生活都需要重新安排——

就像你,可以用苍老的水纹,领回自己的青春

可以用健康的雨水,把黑夜洗成白昼
可以把万波拥簇的白发,变成满湖银链
直到我珍惜每分钟的离别,懂得
你的圆满、美丽,来自湖底深处的安详
懂得,开始已包含在挥手告别之中

2011

注:浮屿是捕鱼用的小船,船底设网,船甲板则种满花草,远看像浮在水面的一块草坪,系日月潭的独特景观。

清泉故事

我追随着一条通向大山的峡谷
我真想失业,成为山里的一个野孩子
山头有一叠白云,已不知被山涧洗过多少遍

三毛已走进我眼前的地图
她是另一个拿着驾照的野孩子
她把整个台北抵押进了当铺

我忍不住,从这所故居走到那所故居
这样清泉的故事就比陆地还大
这样我找回的儿女情长,会使我辽阔

成为野孩子,需要身如游鱼
需要领会炊烟的婀娜,需要像三毛一样病得动情
其实,再往山里走一走,所有的山都像火把
会把惊悸的过去照亮

2011

注:新竹县的清泉是台湾原住民泰雅族的居住地之一,也是张学良被软禁十三年的居住地,留有张学良和三毛的故居;三毛生前在清泉的好友丁神父著有《清泉故事》一书,由三毛译成汉语在台湾出版。

乌来温泉

去乌来,应该另觅小径
找不到乌来仙境的人,应该怪自己懒
如果不泡温泉,你会不知什么是浮世
有些水非常奇怪,你要躺成一条江河
才能懂它的爱

你无法让脸上的色斑褪去
你无法让鱼群游进你的皮肤
你若像坚守的岩石,会感到它是大地的滚滚热泪
也许大地用它的伤口,在思念一个用斧子的猿人——
至少他不会用推土机,把山一点点铲平

只有让时间慢下来,你才不会再失去
才能了解乌来挣扎中的寂静
才能用水洗净你浑身的阴影
带走你珍惜的白,搂着你用劳动换来的假日
搭上车,突然情不自禁

2011

在花莲海上赏鲸

那些海豚从不懂得照顾自己
它们寻找有船的地方
从不担心有人心中摆满了枪炮

它们跃出海面的身躯,像一颗颗沙漠的草种
试图带走我内心的一片荒凉
试图教会我理解,海面也有白毡房、白栅栏和青绿山
它们离船如此近,却把我的心思带得那么远

它们随便一跃,就像玻璃刀放过有色玻璃
拒绝把阴阳海的蓝与绿分开
也许它们是医师,每天要按摩大海的丹田气穴

海上的风浪,甚至让我无法逆风流泪
而它们,从不顺着风
那逆风的完美一跃,就像流星越过我的虚无

2011

注:两股洋流相遇,会在海面形成泾渭分明的阴阳海。我在花莲看到的阴阳海分别呈蓝、绿色。

淡水落日

渔人码头,陷在一首浪漫的歌里
唱得落日满脸羞红
唱得我,不知该伸出哪只手挽留
我知道,此刻除了感伤,其它一切都是徒劳

看渡船,用掉了多少块海浪的白毛巾
看桥墩用脚趾,多少次为海床挠痒
站在码头,不相识的人也会变成亲戚
盼着别人交上好运

我想,不止我有这样的错觉——
当我搭船离去,发觉刚才的天堂悄然而逝
眼前的红天黑水,突然举起一把海浪的大斧子
要为船劈开地狱之门

2011

注:搭船从渔人码头返回淡水途中,夕阳已沉入海中,海水骤然墨一样黑,天穹血一般殷红,犹如末日景观。

台北的关门声

我总是用力把门关上
直到某夜,两个女孩对我鞠躬
用积蓄多年的温柔说:
"对不起!"

我搜遍记忆,悟不出她们做错了什么
我得意洋洋,把她们的不安夹进目光
我还想和睡意赛跑呢,快步来到门前——
瞧啊,门上有雪一样醒目的纸条

多有趣,纸条写字的一面朝向门里
除了霜一样的白,路人什么也看不见
揭下纸条,我慢慢读出声——
"你能把门关轻点吗?"

有十分钟,天地异常安静
我把门关得比叹气还轻
我觉得她们不安的目光,已够我用下半生

也许她们只是台南的学子,但教育了我
也许只是花莲的打工妹,但教育了我
也许只是学汉语的日本女生,但教育了我

2012

台　风

风真大,我成了含羞草
成了在它身体里不住徘徊的骨头
成了低下头来认错的少年
变得更谦虚,更安静……

风可不管谁来统治,它甚至用我的伤口
朝外扬眉吐气
甚至要我记住,它是踏实的管弦乐手
甚至让大厦,也对它顶礼膜拜

当我回到无风的日子
我发现,生活里有一个更大的气旋
它让我像海鸟,轻轻跃过海峡
看见伤口般的海峡,悄悄抿起微笑的嘴角

2011

花莲的海

花莲不停下雨,海因风更加生动
我望见海里有无数舌头,
它们想说的话已经凌乱。我觉得
我身处的悬崖,也是海的一部分
它像浪,竭力把肩耸得更高

我也是浪中想游向岸边的一片舌头
我讲出的往事已开始消瘦。我相信
我能说出的空虚,连海也填不平
我也是花莲海上的那些渔船,想磨平大海这面镜子
生怕变皱的镜面,会把更多的人淡忘

我来到海边,成了寻找明镜的人
微醉的海水,敦促我做一只负责任的酒瓶
当我行进在雨的长发之间
我想,没有水的陆地,还能靠什么壮胆?

越靠近花莲的海,我需要的睡眠也就越少

注:花莲县有台湾最美的景致,山海一体,如梦如幻。

我是这样爱着台北

我是这样爱着台北——
像一个执拗的邮递员,铭记着许多店名
我把台北人当作游客,等着为他们解说
巴掌大的永康街,去过四次仍嫌不够
我走在信义路,却与走失十年的旧友相遇

我是这样爱着台北——
用两个月的凝视,和飞机腾空的最后离别
用紫藤庐的琴声,来掩埋心中的千秋功过
我从拂晓出发,把咫尺书店逛成万里河山
当我在深夜写下"台北",窗外的黑却不再弥散着寒意

我是这样爱着台北——
台北是我的银行,我来取孤独、清贫的利息
吃不完的太多美食,是我每天的挣扎
已经中年了,我仍是台北大街上的一个粗人
无法像他们,成为别人心里的温情和柔肠

注:紫藤庐是台北文人经常举办文化沙龙的著名茶社。

观　树

亲爱的,那棵树有你的腰
那棵树上的鸟儿发出你的尖叫
那棵树的影子,是阳光
为你写的传记

河水的流淌,不是为了让人听见
不是为了弄乱湖水的花床单
秋天,为奏出你喜欢的无言
它已放弃了树叶的舌头

亲爱的,每一次观树,都觉得离你更近了
我不再说,树根只喜欢黑暗
瞧,它已迎风伸出了长腿——
要把满山的说谎者,绊下山崖

2014

无声的塔尔寺

到了塔尔寺,我无话可说
我不可能再比塔尔寺清白
纷纷涌来的诗人,都是好演员
我们转一圈出去,就转出了心里的黑暗?

一个上午,我把祖国在心里搬来搬去
我多贪婪,既想守着城市,又想在这里度过一世
这里安静的慈悲,真能让一个罪人安静吗?
这些冰冷的酥油花多么令我钦佩,它用一生躲避着温暖

还有那些千里叩拜的人啊,这里的干净、清澈
哪样不是他们叩拜的贡献?
和他们一比,我们便像沙漠中的流水
始终来路不明

我一生的愤世嫉俗,是他们无法想象的
我家乡的残寺污水,是他们无法想象的

2009

和溪口瀑布的对话

我说你是最白皙的闪电,你说不信
我说你是最埋人的痛哭,你又忧心
我说你把祖祖辈辈的墓园,一生顶在头顶
你说哪有死亡会如缎如绸

哦,我来不及解释,热爱中的苍茫忧伤
那里才有属于我的一间旧房
那里才有一块最黑的黑板,让水花用最灿烂的粉笔
继续整理、追问这里的世代学问

我说我已看懂,为何一些瀑布乱发脾气
看懂深潭半掩半露的性感
在突如其来的雨中,它们是一群拒绝打伞的女人
梦想挽着新郎,闯入洞房!

我不再说话,一直仰头端详——
是啊,哪条瀑布才是我要找的岳母?
真想成为缠绵她女儿心头的那个新郎!

2011

秘密的报答
———致新疆天池

看着天池,就是看着恋人的眼睛
看着不想穿衣的青春
看着慢慢蹉跎的坦白

就这样看着,不愿开口说话——
我发觉,水里盛开的花儿,不止有一生一世!
我听见,被云杉搂住的岩石,夜里还在磨刀!

我第一次瞥见,水面飘过农奴时代的鞭痕
飘过被雪水驯服的烈马,感到
无边的清冽、静谧,才是幸福的闹钟!

我思忖,那个远道而来的自杀者
是把身体当成一根素指,勾响一池琴弦
把隔着沙漠的爱人,夹进她的哭声

我徒劳地,想把风儿盖在水面的邮戳
寄给已经动情的友人。面对一生只照一次的镜子
我只想把这个黄昏的沉默,当作秘密的报答……

2011

大理感怀

只有一座苍山,只有一湾洱海
风也坐着汽车翻山越岭
有了虫鸣、鸟叫、浪声,我就不会迷失方向

我与一座旧居的相遇,是否足够?
它那秘而不宣的孤独,能否长久地留住我的脸红?
我那破碎的信仰,已经无望化作人民路的白族天主堂

我像时髦的歌词,稀释着一座旧祠堂
我的端详多轻佻,一秒就把黑暗从心里耗光
一秒就把墙上的木刻人物,认作亲娘

游船上,我们把人生重新变成集市
把生老病死、疼痛茫然,唱成一首情歌
唱得风和日丽,没有遗恨
只有谁还在祷告,请视线中的白色污染放过风光

几乎每一天,我都忘了自己的徒劳——
写诗是徒劳的,爱情是徒劳的

羞愧是徒劳的，痛苦是徒劳的

惟当我离去，才突然明白
过去的各种徒劳都是徒劳的

2014.4.7

好苏州

撒谎的人见多了,就去苏州走走
进了寒山寺,见到人们都去抄袭善良
罪过的人,说着双倍善良的话
祷告给脸种上一两株含羞草……

接受罪过在额头渗出的汗粒吧
祷告使高人变矮,使富人变穷
一阵寺风吹来,是叫人握手言和的
想到我们的幸福,也许是运河的第五十个苦难……

无论罪恶怎样飞扬,苏州河是不会变的
不像人们会咆哮,会下岗
无论哪个清明节,它只是轻声地啜泣
那一刻,远近的城市,像停放着的一只只棺柩……

2006

夜聚寒山寺
　　——赠小海

我见了苏州友人
就像万里飘云,突然停在寒山寺前
那是离开后还要回想的美景
让每个友人,都变成第一个友人……

寒山寺——这名字里含着颤栗
闪光的苍凉也是语言无法胜任的
遥听一声钟响,万卷心事顿成灰烬
我们不一样的人生,是会被一桌斋宴纠正的……

在寒山寺,没有人敢自比大树
连孤独也得到洗濯,只有微风在寺里收集着叮嘱
连绵的空寂啊,还在为我的人生腾着空位——
哦,眼前的黑暗已胜过心中的银白……

2006

关于沙溪镇的一个赞词：落后

也许因为古街有生活的居民
它的梳妆打扮，它的低诉埋怨，不再令我忧心

当我目睹经历风雨的美丽落后
我已变得老派，像这里的水桥、船坞一样变得老派

我喜欢古街的石路，依旧发出清代的抱怨
希望迎面走来的人，不只是县志里的省略号

当春花摇曳着老派的道德
已有无数的游客大笑不止

是啊，面对富裕的肥胖的喘气声
我只想索要层出不穷的落后——
如果小镇可以再消瘦，落后得更任性、更灿烂……

2011.6

寄畅园感怀

它藏着秦家终于伸直的脊梁
我像落叶,到处拾捡故事中的花影
一片片的花,都睁开了眼睛
任凭小径用苍老的手臂环抱

我惯于紧闭的心,像铁锹
想为这座园子,献上一天的劳动
这些房子也许是幸福的
人人都唱着赞歌,闯入它们的生活

脚下的草再卑微,也是草界的贵族
它们托举着杜鹃,试图让赶路的白云分心
当然,我也领会
流水和假山的私情——
流水用它流动的风情,泼湿了假山的裤腿

现在,该谈一谈池中的金鱼了
我静静听着它们翻腾的咳嗽声
知道那咳嗽牵扯的隐痛,一定来自家史
我抬起视线,如同举起银针

银针扎向苍穹的虚空——
是啊,金鱼的胃会知道
天空将给园子怎样的回报

2016

在鼋头渚观太湖

湖水有着一亩一亩的安静
也有着女人藏着谜底的表情
这里的浪,古老得掉光了牙齿
它等着雾,来给它上一层白漆

湖面是一枚巨大的银币
它要让我兜里的钱,失去意义
要让湖边的花木,都安心做梦
那座我想踏上去的长春桥,仿佛说:
我与太湖的婚礼,早已在民国办妥

这里的水,没有盐做钢筋
它的心便像手绢,可以擦亮还乡的眼睛
我站在倪瓒的画中,享受他不朽的清贫和消瘦
安于像他那样,枕着湖水这只大鞋垫入眠
我愿意学落叶低飞,让湖中小岛的乳峰都高起来

湖面是一马平川的诗页
细雨从云层越狱,用它淅淅沥沥的墨点
在湖面写诗

"够了！够了！"——有时,风不得不大声疾呼
雨写得太多了,责令它给倪瓒
腾出一片干净的空白

2016

注:元四家之一倪瓒后半生散尽家产,颠沛流离;他有洁癖,画面极简,中景喜用不着一笔的大片留白,用以表示辽阔的太湖水域。

卷四
观霾记

清明吟

1

每年清明,只有一条路通向你
路边的每棵树、每幢房却争着给我指路
春雷也用它加速的咳嗽
提醒我:清明时分,我又漏掉了什么?

爸爸,一上路,我就感到了你的担心
你担心路边站岗的树还没有准备好春天?
担心我带上的心情过于消瘦?
担心三十公里是一道过长的伤口?

其实路边的每座山,都适合消遣
都经得住闪电和雷鸣的端详
都像你一样,渴望穿上春天的衣裳
爸爸,我最爱听芦苇摇响你的思想

2

爸爸,理解你,我花了多年

理解你的诗为何像小鹿
遇到人群就惊恐
是啊,你下班了,政治也不会下班

女儿说,你背后的山是一只舌头
它会像我们一样继续撒谎吗?
它会有一生也耗不完的政治?是不是得进入阴间
才能说,生活里再没有伏笔了?

儿子说,所有的墓都像一只烤箱
一生已被口号烤干
就连寒夜、月光,也无法冷却你的记忆
你曾摸着岁月的旧伤,却说着失明的幸福

3

爸爸,还是上路吧
阴间里还有长蛇的路需要走完吗?
爸爸,我老了,劲松和风景也老了
这条三十公里的路,已像藤一样把我缠住

这里是城市的边缘,却是清明这一天的中心
都说"条条大道通罗马",最后的罗马
是一种审判,还是一种交换?
冷风向车窗袭来,算是一种回答?

当我关上车窗,沉默
这古老的病啊,开始催促我接受山河的治疗
让我从你的结巴声,听出杜甫的低诉
从你翻越秦岭的岁月,认出一直照耀你的是哪盏孤星

4

春风,令桃花更轻
也令伤口更疼。从城里到山间
你并没有死,只是做了高山流水的心
也令云中的太阳,这亲眷,流出陌生的泪

去阴间,算是一种流亡吗?
为什么我的车轮,已疼得不住地打滚?
你像渗进土里的雨,是要证明
黑暗的深宫里也有家国吗?

我们买了白菊、黄菊、排草和菖蒲
让它们替我们说话。它们究竟对你说了什么?
沉默里,也许有更丰富的言辞
也许一不小心,又会打捞出一个烈士

5

我更愿意想象,雨不是哀号

只是天地之间的一次追尾
爸爸,就凭这目睹的缘分
一丁点遐想,你我就成了李白

追尾中,花儿落地,成为春天的困惑
白云停在半空,像美人的脸迎向太阳的耳光
爸爸,你的一生也是这样,镶嵌在乱世
一生与饥渴惺惺相惜

但你的饥渴,还在途中威胁我
那是万家灯火中,一直喧哗着的盛宴
那是为了百年好合,一直隆重着的婚礼
是的,我继承了你对幸福的种种饥渴

6

倾倒在墓地的影子,比风还轻
雨一停,就跳到地上
把所有人的思绪,分成阴阳两半
就像墓地,把春天分成阴阳两半

我立在碑前
离你既近又远
静默,流泪,开怀,远去
这是世间最垂头丧气的爱?

每年清明，我都允许内心打开一只笼子
不管悄悄移近的是什么
都用三十公里的虔敬，把它小心放到墓碑前
花束下，香炉边，冷风里

2013

拆　迁

哪怕建得再多,也无法挽回已经毁掉的
一堵拆掉的照壁,它曾围住的盛世,比你我见过的还要多

我们用尽四季,还是看不懂大风摩擦古刹的深意
那种有名的沙沙声,只有孩子们能听懂

哪怕思考得再多,我们的时代还是拆成了裸体
什么都在消失啊,只有眼睛里的星星,别人再也无法夺走

初春了,有生命的东西都该起床了
为什么河水流得这般倦懒?为什么雾霾重让我们变得孤单?
在纸上写下那些消失的,这比拆掉它们更容易——

写下古镇——你听见了倒塌声吗?
写下爱情——眼前却只剩性爱的虚无
写下亲人——他们像锚,满手抓住的只是流沙
写下学校——那里正流行一支逃亡曲
写下土地——却没有了种地的农民
写下传统——那是雪地上正在融化的一串脚印

2014

春天的诗行

春天是否钻进了你的身体？
它的风是否说服了你？
它的闪电是否帮你卸下了冬天的沉睡？
一同活下来的，是否还有水坑的微澜？

当铁犁掀开土层，暴露了大地的秘密
你是否觉得自己更无用？
有了被饥饿裹胁的人生
你的劳作就不再慷慨

春天的耕耘，更像一场求爱
先用蜜语犁开硬邦邦的脸
再让种子钻入幽邃的胴体
秋日再把果实烘得诱人

没有了围在火炉边的故事
你的春天该如何打发？
请不要低估春天那复仇的花朵——

围观花簇，却不知花为何颤动
想借花的"幸福"，来幸福自己
也许是一场更彻底的错误！

2014

河 风

我总在郊外写诗,总在与谁深深地交谈
总用语言试探着风景的深浅
总想找到一个春天
把苦水倒得干干净净

被人承认的幸福,都没有骨头
被人说出的道歉,都没有深度
总看见,城里的尘土飞得比任何胜利都高
我总想躲到旷野,让孤独滔滔不绝——

常有那样的暮色,绅士乞讨一样生动
旷野之夜,黑得让灯嫉妒
唯有闯入黑暗,处女才能享受爱情的疼痛
没有亲人的河风,才会在草丛中慢慢苏醒

2014

初秋,我闻到了战争的气味

理由是新的,战争是旧的
也许这是人类第一万次想念战争
田里丰收的庄稼,等待着饥谨
架上成熟的葡萄,计划着狂醉

人们说话的口气,仿佛像硝烟
表情已装配成海陆空,和平已稀释成前线和后方
大口吐出的词,纷纷和导弹套近乎
本该安静的秋天,人们却为流血竞相发誓……

有谁问过蚂蚱垂涎的稻穗?
问过睡在林中的八哥和老鹰?
问过知了歌唱的松柏和银杏?
问过在水底打盹的小鱼?
它们需要战争来得到夭折?

战事起,就没有人知道为谁而死
走不回餐桌的或许就是你
当你流血不止,别以为真理已刻上纪念碑
不!那只是下一次战争的广告

2013

笔

笔孤独地饮下墨水,就是孤独地饮下黑暗
就是在深渊里扎花灯,在喧嚣里吐呢喃
没有人确知,它有没有白写
被它征用的白纸,总是有太多空白
被它书写的江山,总是有更多遗憾

有时,它累了,试图甩开责任的手
充当一只酒瓶,充当催命的棍子
充当撵走民工的城市盛会……

只因不能写的事太多
更多时候,它是连灰尘也敬重的沉默
是屋里最静的一根时针,不知除了数数
还能如何打发自己的一生?

每天深夜,它和手的交谈
就像窗外知了、青蛙的咏叹调,不会轻易让我入眠

2011.10

飞 行

空中,是鸟的家园
只有鸟能嫉妒星星,又把星星当邻居
还想把白云降为雪峰

飞——多么像谎言
没有翅膀的我们,令翅膀更妒忌
缓缓移动的海
有飞机无法穷尽的尊严

云——有飞机等不及的羞涩
它像一个不穿花衣的女人
羞于飞机喊她的乳名

楼房再高,朝下看它也像甲虫
我生活的城市,是舱门外的深渊

2011.11.11

邮 局
——致 YN

一旦寄出,就不能收回
也许情书,还不够动人
也许献词,还不够光辉
也许幸福,已有点凌乱

当他写下"自由",窗外的风
已把它当沙尘,披在肩上
当他写下"爱你",寺庙的钟声
也羞得要钻入窨井

爱,本是藏在他身体里的邮件
却要去千里之外走亲戚
要用三天,走完一个漫长的比喻

有些字眼向来有休息日,写完不易常碰
寄出去,才不生不灭

2014

高 压

我想象,自己生活在海洋深处
无法像向日葵,每天向升起的太阳致敬
无论在水中种什么,都不会有收获
甚至不知,是哪些海水的白牙,在和我作对?

海中突然的冷潮,还想把我留在水的刑具里
深海的漆黑,就像瓶中的墨水
从不会自己爬到纸上,去挑选真理

哪怕我再狂,像虹一样成为水中的浮云
海也是污染过的,到处隐忍着美丽的毒斑
哪怕我竭力搓洗,身上还是粘满是非的寄生虫

也许我只能像鱼卵一样,和上升的水泡一起高歌:
跟着海潮,我并没有原地踏步!

2014

老 井

奶奶说：井中也有潮汐
井水常常也皱紧眉头
我与它已隔了四十年
现在井口上方的星星，一颗也不剩

一个开始老去的人
注定要消磨童年的星空
消磨星空下亲人的死讯
消磨与青巷有关的故事

我早已是徘徊在井前的陌生人
忍不住被青苔诱惑
我需要的，只是井的喉管
吼出奶奶的声声斥责

就算被高楼踩塌了肩
老井也不会哭了
就算成了地下嘀嘀嗒嗒的听诊器
老井也懒得欢呼：人类已经没有后援

2015

冬　雨

雨,弄瞎了窗玻璃
让风的舌头,硬得像牙齿
让奔跑中的我,成为把虚无追回的警句

雨,总是用沙沙声
哺育越来越龌龊的梦
用一根根银针,扎瞎月亮的眼睛

夜里,当我被雨的尿声惊醒
我渴望它是谁弹奏的一阕夜曲
雨是要在我的窗前
种植它越来越卑微的命运?

要让掉牙的路灯像情人
用光的长臂,挽回早已铸就的分离?
要把雨的巧嘴,借给善编故事的噩梦?

已是深夜,却是
雨来梦里串门的时间,但它无法
从天上舀一碗干净的水给我

我索性走到门外——

与它拥抱、缠绵
它像一个冻得发抖的女子
需要紧挨我火柴般的骨头取暖

2016

傍晚,步行去学校上课

我站在路口,汽车像断了线的念珠
一颗一颗掉进人群的泥潭
当汽车用排气管,向人群重申着交规
马路却爱上了美女的高跟鞋

当我像动词,突然穿过这堆瘫痪的名词
我不想再用微笑,祈求雾霾分娩慈爱
为了赶路,我用干净的脚印
匆匆写下潦草的收条
收下落日的白内障

我听见所有的喇叭,争先喊着我的小名
我不得不用口罩,蒙住我的汉语
生怕它散出腐败的气味
校园已在眼前,但阴影正在搁浅,等着成为黑夜

我看不见的教室,既远又近
当黑夜把真理的墨汁,泼向我的脸
耳朵却要把噪音降服为和弦
当满街噪音,被耳朵改编成肖邦的夜曲
愿意躺下聆听的,不再是满街的落叶……

2013

暑　假

现在，教室一片沉寂
爬墙虎用手擦拭着窗户
知了和青蛙的鸣叫，比所有讲座更动人

不远处，是我厌恶的盛宴
每一道可口的菜肴都是偏见
它们让深渊滑入胃中

假期里，风儿没有忘记考试
但学生的喜好，没有一样可以折成学分
比如，分手、睡眠或旅行中的脏衣服

假期里，人民教师不属于人民
他只是车喇叭，竭力推开路人
独自去更远的远方

寂寥的教室，骤然成了谎言的墓地
它聆听着窗外的鸟鸣——这从不说谎的真声
还有我传授的那些诗句，它们也不会腐烂

案头上,那被灯火管制的钢笔啊
灌足了罪恶制造的黑水
落笔处,将有寒意更深的虚无

唯有海水、风暴和灯塔
才懂师生们的心跳——
生是一个家,死是另一个家
人生就是走亲戚

2014.9.12

神　仙

神仙也会四肢乏力，也会在乎手气
会像奶奶所说，某天要行行大运

在流逝的岁月里，奶奶已经没有了仇人
她爱着仇人，已经毫不费劲

现在，风一大，我又想起奶奶的神仙
它们是否吃了？是否又要行善？

奶奶总说自己是神仙，"神仙没有仇人"
"神仙的恨轻起来就像灰尘"

今夜，我鸦雀无声，想在心里安顿这些神仙
看影子在窗帘上晃动，如读一本经书

黑夜一言不发，其实挺灿烂——
窒息的是人，浩淼的就是神仙

2006

老　人

我喜欢在人群中移动，就像航船
并不害怕令人绝望的浩瀚
仿佛人群是浪，闪着光，可以信赖
仅仅走一走是不够的，还要找到赞美的理由——

我看到许多人的晚年是健康的
玫瑰虽然旧了，但无须改变
伴侣的埋怨已经无声，交谈像一生的愧疚
说出口需要浑身的颤栗……

有时，我的心里也会闪现出老年斑
老人就像邻居门上坚持的那把旧锁
我是风，不进屋，只留在门前
门外的姹紫嫣红——我已经厌烦！
旧锁的锈迹斑斑——我已经习惯！

2006

诗　人

一生的某时,他会回到唐代
也许唐代的牡丹花还没有盛开
只有酒在领着他穿过孤单。有时
他也把自己交给南宋,为已经入棺的北宋守灵

每个王朝只要开始,其实已经结束——
都把刚卸下了的包袱,又重新背上
都借助日出,完成了日落……
无权不灵的祖国啊,痛是你体内必须的盐分吗?

有时,他又是倒霉的李煜
他的爱情比常人更胜一筹,正是哀伤使他永远活着
再后来,他就是我们,谁知道我们有没有白写?
——我们脑满肥肠,却想得到神光的照耀……

2009

忙　碌

忙碌，是为了更快地度过余生？
你把所有积蓄的慢都快要花光了

你刚写下一个词，就开始为它奔跑
刚说出一句外语，就为出国想入非非

忙到最后，连熟悉的字也不认识了
听到诗歌，就说不行，因为它慢得
几乎没有体温，慢得不受任何伤害

树林永远学不会忙碌
只有叶子装装风的忙碌样儿
看到人群围着它们转，就头晕

忙碌的时候，你的爱再也不会蠕动了
这算不算一种特别的安慰？

2004

笼中鸟

遛鸟人聚在一起,秀着笼中鸟
他们不知,有一只鸟已老态龙钟
不知他们的慈爱,是它最难消化的
不知每晚的月光,才是它祈祷的三炷香

五年了,它在笼中探寻自己的生活
忍受人终日滂沱的目光
飞翔本是它的职业,它却呆在竹笼
成天为猪的生活歌唱

它一生的旅行,只是去鸟市
睁大眼睛,看着其它鸟落泪
所以,它更喜欢黑夜用黑纱
把它的眼蒙上

它想念山里的亲人
只要阵风吹来,就有起飞的冲动
听惯了鸟的方言,就不喜欢人类官话的狂妄
它的舌头日日壮大着天籁
不像人的舌头,日日只为詈骂提供养料

有时,它也吓一跳——
婴儿也发出了迷人的鸟叫

五年了,它成天与人的谎言为伴
用自由,换来长寿的苟活
这不光彩的长寿,到了该结束的一天——
死亡不停搬走它的身体
让它的灵魂,终于钻出了竹牢

2015

命　运

雨都是轻醉于云的
风习惯发出抱怨

和颜悦色的农人
他们都已提早衰老

当所有的河,把你的忙碌绕过
当所有的压迫都像月光,想在梦里挤出名堂

你无法再像一缕炊烟
轻易就对一所房子满意了

这么多年,你还像一个错别字
被别人的舌头颠来颠去

2004

流放者归来

在太阳升起之前,我已想回家
回到人心曲折的街巷
回到礼貌不周的城乡

我像伤兵,用伤口思念远方的亲人
不能说,我喜欢从前的苍茫
喜欢灾难像货币,居然可以到处流通

我只是一只蚂蚁,了解大地裂缝对雨的渴望
只是一只脚印,不怕把漫漫长路走得更长
我知道,春天尚未到来
只有假花才开得最艳

我要把自己像瘟疫,送回疾病发作的故乡
我要备好孤独和向往,不学牛郎织女
一年一度的七夕,不把伤口当慈悲……

2011.11.2

第一场冬雪

雪突然就下了
好一场灿烂的剪彩!
这是白昼向黑夜伸出的千万根玉指
正敲打脆得像玻璃的情感

我是今年最早走在雪中的人
身前身后除了命运,只剩下风了——
我承认再坚定的决心
也比不上此刻的离别

雪的膝盖
已抵近每个人的嘴巴
它要看我们负心的口气还能有多大?

雪是摇曳的白火焰
要驾驭摇晃而来的冬天
它那一把把小白扇儿,又是为谁抛下?

望着漫天送给情感的白枕头

从银河落下的阔绰的白银

我的心里仍颤动着飞逝的秋日

2002

问题的核心

棕色的东西
其实是蓝色的
黄色的爱情
其实白得单纯
红色的杀戮
其实是黑色的背叛
有些缓慢
其实刺刀一样冲动
亮得耀眼的
其实灰得惭愧
夸耀你的
其实是蓄意的省略
喷薄而出的英雄
其实是委身者
成就其实
是累了的被拒绝
我和你
虽然不同
其实一样要面临结束

2001

印　象

那时，我惊讶
并张开嘴巴
油灯摇曳，身影
神秘、哀伤
一张粗木的桌子
干净、宽大
但放不下六岁的想法
一双小手
放心不下皇姬的啜泣
眼皮倦乏，又见
宫廷的流血的政变

爷爷忽然把话停下
吟唱宋代的诗篇
回忆带来花色
代代相传的愿望
围困着梅花
或皇帝的闲话

窗外的小镇

寂静、空怀

宋代的黄州

已被皇帝错怪……

1996

制花工

人人都把妙龄
比作春天
那为妙龄动心的人啊
在低语
在摆弄一枝塑料花
就像他要为身边
小姐的气息
找一个难忘的比喻
他凝神屏息
等着塑料花也飘出香气
等着打击温柔得像花蜜
等着花的季节像孩子
顺从地蹲在他的脚下
他等得连自己都忘了
等着生活的心病
嚓一声剪断塑料花
与春天的那点联系

2001

有　常

"我是不同的。"每个人都说
但每个人都悄然期待着成功
城市的模样,就是我们粗糙的心
被一模一样的薄情封锁

我的邻居,眉目姣好
但谁知,她最近死了还是活着?
太难了,越忙来忙去
我们忙碌的目的越是可疑

我总在深夜读书,忘了还有耳朵
漆黑的文字,和我一样
要用黑暗的心跳,填满空白
纵使还有皇帝,心也不被诏书打搅

拍照吧,写作就是拍照!
拍出自己发呆的模样
拍出心里贮满的是非
拍出安静得让你风雅的痛苦

巷口那一摇一荡的树,刚被人砍去
它留在冬天的空,我试着用咳嗽填充
但脚步踉跄啊,它急着回家
仿佛已承受不了这忧伤的空!

2014

偶遇故人

突然间,我听见熟人的喊声
他的脸像蝙蝠,在黑暗中低飞
他的眼里,已看不见年轻时的爱情
他一路咳过来,仿佛要阻止雾霾

"雾霾里有骨头,"他说
"你摸不着,但能卡住喉咙。"
是啊,雾霾加重了往日的幸福
可令我们贬值的,是年龄,被洗劫一空的年龄啊!

他伸出手,又缩回去
我的手,只抓住了哄抬物价的夜色
当他胡言乱语,唉,又一出泪光莹莹的悲剧——
他病得多么卓尔不群啊!

断了多年的友情
却得用一路的痛缝上
这痛让我变笨,撞到路边的树
这痛不善言辞,把黑夜的黑发,熬成黎明的白发

清晨,当太阳抛弃了朝霞这幅名画
悄悄爱上云层的鱼尾纹
它仿佛对我说:"孩子,我最终也会烧成废铁。"

我一赌气,把被子晒出去
等着睡前闻到阳光的气味

2014

失去的,都会回来

失去的,都会回来
回到别人的命运,回到谈心展开的幸福
回到陌生人的致意

连掉落的黑发,也回到漆黑的文字
回到书中的山洪
牵动我发根的思想

我的初恋,也回到一个男孩
更高亢的誓言,刚刚平复一个女孩的叫骂
他俩掠过大街的爱情
让我像当年一样提心吊胆

我那跳楼自杀的同学,他的生命
也回到郊外落日的孤寂,回到傍晚的鸟鸣——
而城里的喧哗,依旧没有一缕忧思

我故去的父亲,雨水正湿润他的墓
树木已吸足他的想法,挺直了他的腰杆
检阅着风说的话:"是该知道的时候了!"

没有谁,再能从我这里夺走什么
就连广场上抹去的脚印,也回到钟山、郊外
用它无用的漫游,勾勒出一个秋天的自由

当然,我已遗忘得太多,但也只是仿佛遗忘
它们都已回到梦中,醒来
继续用空气的指甲,检查我的舌头——

舌头没有沉默啊
它是要找一副降落伞,再往深渊里跳——
谁的一生,不是一副跳向深渊的降落伞?

2014

观霾记

霾像查房的医生,穿着白大褂
把清晨的问候,送到每家门口
一向负责的红绿灯
却把双眼埋入霾的巨乳
令路口的汽车,窘得不知所措

霾还把高楼当木马
向街上的人,示范如何跳马
但鸽群认出,霾是去年车祸的肇事者
鸽群:一排复仇的子弹
射穿了霾的身体

——霾也许会死去
但它缠着绷带的身躯,刚把天空摔到地上
路人忙用呼出的白雾,修补云朵
霾还会用它的奶酒,灌醉阴谋
用巨大的白内障,阻止生活越来越快

霾也会为老人整容,拉平他们的皱纹
让亲人、情人,暂时有了距离
用这突然的离别,勾起依依不舍

2015.9.22

大风来临

春天累了,大风即将来临
落叶已准备踏上归途
旋成风中再也刹不住的车轮
它们是想逃离,街上一幢幢厌恶的高楼?

我突然静下来,看见落叶高兴地旋转
仿佛找到了爱情的入口
看见乌云伸长脖子,在水面照镜子
只有鱼儿不眨眼睛,一刻不停
读着乌云心里的雷霆

天空也是一个喜欢旅行的背包客
背着乌云大大小小的背包
里面装满了大风呼啸的秘密
街上的纸屑,也旋成一只只老鼠
望着乌云那一只只黑猫,瑟瑟发抖

一艘艘船,像一个个新娘

纷纷退入港口的闺房,不肯出嫁
当大风来临——它用力摇荡的不再是海
是海上那些勇士的命运

2015

夜行记

葱绿是谁脱在郊外的一堆戏服？
常年失踪的戏子啊，围着炉灶
围着疲乏的父爱，围着劳累得
连梦也不做的一天

他逛着街，连一个金钱的奴隶
也追不上，就知道如果弄错方向
会更不舒服，站牌是他
对这座城市的最后一点信任

那被飞溅的唾沫注满的心啊
此刻没有耐心等到天明
他感到水泥路和他一样受着折磨
茫然不知自己该在哪儿止步

月牙像被白昼抛弃的一颗利齿
哽住了他的喉咙。整个长夜
他将以什么为荣？夜晚从来没有
像今天这样紧张，他盼着许多人
坐错车，和他一样难以抵达

不管路途有多近,他都看腻了
灯火、人群、欲望都是流动的
无法指靠它们来发誓,那么继续走?
生命还经得住几次忏悔?

他抵达了一堵坍塌的城墙
当湖风摇动夜色,每个路过这里的人
都有意外的醒悟,忘掉淹没自己的恨吧
感激着不再发出声响

像一行好诗在绕过一行差诗
一个少年用珍藏的旧糖纸在换新糖纸!
每个今天都是过去的葬礼
明天的沉船,都在把揭秘的时刻一再推延

要是像黑夜一样没有眼睛
他的心该多么容易圆满
连杜鹃也懒得高飞了,幸福得
像一条缠住自己双翅的锁链!

2003

答 案

你咽下的每顿饭里,都有答案——
为什么你不幸福?
为什么姑娘都成了剩女?
为什么大家只景仰死人?

答案也在眼白里
你不亏欠谁,照样被人白眼
答案也在双手里
你不停劳作,照样毁了大地

你满手的皱纹,为什么只露着憨笑?
属于你的深夜,为什么只有冷风承诺?
莫非你掉落的每根头发,都是被惊走的真相?

是的,答案也在飞蛾扑灯的冲动里

2005

虎

它就是酷夏,一靠近它
你的汗,就开始荡洗衣服
你的勇气,随靠近它的距离
一寸一寸缩短

饲养员把它锁在铁笼里
但威胁,照样穿过铁笼扑向你
你活得五光十色,却逃不出它目光的鞭挞——
你不过活在衣服的节日里,金钱的荒凉中

它在笼中的高视阔步,永远令你回味
你纵有千里江山可以行走
脚下却只剩一条路
你甚至不敢,邀它一起挥霍

在它咄咄的逼视下,你仿佛正成为被告

2017

玫瑰为我脸红

每支玫瑰都有一对红脸颊
在为我脸红
我只顾戴好口罩,走进重霾的冬日
只顾活着,等着世间的不幸自己消瘦
看见污水的斑斓色泽,却说那是蝴蝶复活

玫瑰,水一样漫进梦中
在为我脸红
我踏上的路,通向衣锦荣华
我只是看着卖艺的老翁,一贫如洗
只是和那么多的人,从他的哀伤里路过

那么多的劫难,和我挤在同一个时代
我却只想躲得远远的
是啊,我再也成不了谁的依靠了
只有玫瑰谴责我
在为我脸红

2017

致水杉
　　——记水上森林公园

再劳累,水杉还是挺着腰
无论鹭鸟筑在枝上的梦有多重
它都一声不吭地承受

我知道,我做不了这里的水杉——
一生护着鹭鸟的激情
一生用展览代替人生
一生向往鹭鸟逃出冬天的自由
它只剩鹭鸟的粗话
用来惊醒春梦

2017.4.19

附 录

新诗 50 条

> 我只写下答案,而问题由你们寻找。
> ——题记

1. 民主正成为新诗的一种形式,成为新诗之轻的一种标志。
2. 意义不是诗歌要达到的领地,只是加强感觉的一种方法。
3. 无视佳作的存在,不过是在应和心中的无神论。
4. 感觉就像观念一样不可信,我们常常面临这样的问题:观念确实能改变感觉。
5. 不要夸大新诗的抒情作用,自从我们失去美德,已更容易变得封建和伤感。
6. 现代主义只有从思想降格为方法,新诗才会变得更加出色。
7. 用一首诗维护一个意象,比用一首诗维护许多意象要好。
8. 作品其实是集体的产物,正是诗歌的历史,让个人变成集体。
9. 只有伟大的诗人才能驾驭俗气,才敢从事研究民族生活的冒险。
10. 诗歌的纯粹,恰恰得益于不纯粹。
11. 梦不是创造,只是一种现实,为了防止损害想象,诗人需要适度抑制它。

12. 不用担心诗歌的死活,它的历史从来是由暂时的遗忘写就。
13. 不要相信比喻暗示的意义,而要相信比喻触动的感觉。
14. 诗歌研究常迫使人们去注意意图,但诗歌的立身之道不在理解,而在激发。
15. 新的方法产生新的诗歌;不过好诗与坏诗的比例,从古至今没有改变。
16. 一个不体验失败的诗人,难以固守什么精神。
17. 修辞和技巧,无法弥补一个诗人在道德上的缺陷。当然,要诠释道德,必须既勇敢又智慧。
18. 我欣赏自我怀疑的诗人,他往往会高估自己的不足,这样他会用一生尊重诗歌的自发性。
19. 越担心作品没有价值,越能丰富自己。
20. 一个诗人的无能为力,恰恰势不可挡。
21. 什么是史诗?史诗作为一种境界,早已融入我们的生活。
22. 叙事与抒情并非泾渭分明,事实上,它们是同一事物的两面。
23. 风格隶属于主题,而不是相反。
24. 二流诗人自鸣语言之美、意象之奇,一流诗人忧心语言不足、形象不准。
25. 与朋友谈论自己的诗作,是一种慷慨的义举。
26. 复杂的威胁在于消灭交流;简单的危害在于毁灭探索。
27. 年轻是新诗的一种病,一旦患过,就会终生免疫。
28. 成功不是诗人的祖国,诗人只对失败负有义务。
29. 完美的诗歌具有适应性,能适应不同的时代;唯美的诗歌,只会找到欣赏它精湛的个别时代。

30. 个人经验并不隶属个人，它既是共同经验的个人解读，也是往昔经验的重新唤醒。

31. 误解传统比模仿传统要好，追求正确只会限制新诗。

32. 诗意不来自世界，而来自诗人的注视。

33. 永恒是诗歌造就的客观事物，没有诗歌，这些事物就不会出现。

34. 好诗中的自由，要少于坏诗中的自由；好诗中的逻辑，要多于坏诗中的逻辑。

35. 诗歌是不唱的歌曲，不是歌词求助歌曲，是歌词恢复歌曲。

36. 语言也有属于自己的杂念，稍不留神，语言也会对垃圾推波助澜。

37. 词中有肉体，不一定有灵魂；有头脑，不一定有情感；有形象，不一定有触动。

38. 诗歌的本质，就是文明的本质；在保有尊严的同时，使人对预言、可能不再大惊小怪。

39. 我不信任晦涩的诗，但信任难懂的诗；不信任诗人神话，但信任诗歌神话。

40. 偏见是一种意志，一种编造谎言的意志。

41. 新诗与批评尚无法相互理解，而理解调动的常常是宣言。

42. 新诗的历史，就是企图建立现代国家的精神挣扎史。白话小说尚无法真正领略其中的力道。

43. 诗人不需要对观点的忠诚，但需要对自己的忠诚；不过忠于自己，并非等于屈从自己的无知或缺陷。

44. 道德不是体制的围墙，相反，它为我们保存着解放的力量。

45. 唤起读者共鸣，不该令诗人感到羞愧，要感谢读者重新陈述了诗歌。
46. 糟糕的诗，问题不出在灵感，出在糟糕的判断。
47. 好的诗歌研究，是一种脱离法则但令人臣服的谦逊。
48. 今天，技巧已不再是对一个诗人真诚的考验，技巧已可能拥有造假的激情。
49. 写诗的不一定与诗有关，不写诗的不一定与诗无关。
50. 我们对新诗依旧一无所知，已有的所谓认识，仍不过是说服他人的冲动或愿望。

2010